華に影

令嬢は帝都に謎を追う

永井紗耶子

双葉文庫

華に影　令嬢は帝都に謎を追う

序

宵闇の中、その洋館だけが光を放ち浮かび上がって見えた。暗い夜道には、ところどころガス灯が灯り、道筋を照らし、豪奢《ごうしゃ》な馬車が門を潜《くぐ》っていく。洋館の名は「鹿鳴館《ろくめいかん》」。外交の舞台として作られたそこでは、その日、夜会が開かれていた。

明治十八年、春。帝都東京。

一台の馬車が車寄せに止まり、一人の男が降りてきた。年の頃は二十代半ばほど。瘦身に燕尾服《えんびふく》を纏《まと》い、やや気難しい表情を浮かべた青年貴族である。名を八苑重嗣《はちぞのしげつぐ》といい、昨年、子爵位に叙されていた。

「降りなさい」

重嗣は馬車の中へ声をかけると、薄紅を基調にしたバッスルスタイルのドレスを纏った女が降り立つ。女というにはまだ年端もいかぬその少女は重嗣の妹で、名を琴子《ことこ》といった。十六歳の令嬢は、白磁のような頰と、大きな黒い瞳が愛らしい。鹿鳴館の玄関口で行きかう人々が、一様に振り返るほどの美少女であった。

「ついてきなさい」

重嗣に言われるままに、琴子は頷《うなず》く。重嗣はやや緊張した面持ちで、肘《ひじ》を突き出した。琴子はそれに腕を絡め、ゆっくりと歩きだす。

「あ、円舞曲《ワルツ》ですわ」

ホールから響く西洋風の音楽に、琴子は耳を傾けて、表情を明るくした。重嗣は微笑《ほほえ》んで頷いた。

「あとで、踊ってくるといい」

重嗣の言葉に、琴子は小さく頷いた。

廊下に向かう途中、さざめきあう声が聞こえ、貴族や役人たちがこぞって琴子を振り返るのが、重嗣には面白かった。

ホールに入ると、ざわめきと音楽は一層大きく聞こえていた。洋装の紳士淑女が踊り、語らう。しかしその中でも琴子はひときわ美しいと重嗣は思っていた。それというのもここに集う女たちは、淑女とは名ばかり。人前で踊ることを嫌う貴婦人たちが夜会に来ないというので、男たちは玄人《くろうと》の芸者たちを着飾らせて連れて来ているに過ぎない。

重嗣がそんなことを思いながらホールを眺めていると、不意に背後で靴音がした。

「八苑子爵」

声をかけられて重嗣は振り返る。

そこには一人の男が立っていた。長身で燕尾服がよく似合う。年は四十ほどであろうか。涼やかな容姿で、身のこなしが洗練されていた。

「これはこれは……」

そこまで言って、重嗣は相手の名を思い出せずにいた。男はそのことに気を悪くする様子すらなく、微笑んで名乗る。

「千武総八郎《ゆきたけそうはちろう》です」

「ゆきたけ……」

確かめるように呟《つぶ》やいて、重嗣ははたと気付く。

「これは、どうも……」

重嗣は不意に無愛想になった。

この千武総八郎という男は、ご一新の折に官軍のために武器を調《ととの》えることに貢献して財をなしたという商人である。たかが商人であるこの男は、平民にもかかわらず軍部や政府との繋《つな》がりが強く、こうした夜会にまで顔を覗《のぞ》かせていた。

重嗣は話をする気もなく、そのまま通り過ぎようとした。しかし千武総八郎という男は、そんな重嗣の様子には構いもせず、言葉を続けた。

「あちこちの夜会でお見かけしましたが……そちらが噂のご令嬢ですか」

千武総八郎は、琴子を見やる。琴子は身を縮めて会釈を返した。

「うかがいましたよ。ご縁談が纏まられたとか。おめでとうございます」

琴子は総八郎の言葉に、ありがとうございます、とか細い声で答えた。総八郎は琴子を値踏みするようにしみじみと見て、微笑んだ。

「しかし勿体《もったい》ない……琴子姫はお幾つでいらっしゃいましたか」

総八郎の言葉に、重嗣は琴子を背後に隠す。

「何がおっしゃりたいのでしょう」

総八郎は重嗣の言葉を無視して、琴子の顔を覗き込む。

「貴女《あなた》のお相手がお幾つの方かご存じで」

「千武殿」

重嗣は声を張り上げた。

「婚姻というのは、それぞれのお家の事情があるものです。貴方《あなた》のご長男とて、先年年かさの長窪《ながくぼ》伯爵の妾腹《しょうふく》のご令嬢を娶《めと》られたと聞きましたよ」

総八郎は、心外だな、と肩をすくめた。

「年かさとは言いようですね。当時、当家の長男が十八歳、長窪伯爵令嬢が二十三歳。たった五つの違いです。私が娶るというのならまだしも……」

「宮内省からのお許しも出ています」

華族の結婚は、宮内卿の認可が下りなければ成立しない。無論、華族同士であれば認可が下りないことなどは余程でなければない。しかし重嗣は己の正当性を語ろうと、そんなことについて声を張り上げた。

総八郎は若い貴族がいきり立つ様を、面白そうに眺める。

「いえ……ですから、おめでとうございますと申し上げているのですよ」

重嗣は頭に血が上るのを感じた。強く妹の手を引く。

「行くぞ、琴子」

腕を組むのも面倒に思え、足早に妹を引きずるように歩きながらホールを横切る。その先には、黒い髭を生やし、短く髪を刈りこんだ男が立っていた。威風堂々とした四十代半ばと言った様子の男は、太い首を巡らせて、二人を見つける。

「おお、我が花嫁」

男は声を張り上げた。

「遅くなりました、黒塚伯爵」

重嗣は頭を下げる。

黒塚隆良《たかよし》伯爵は、政府の重鎮である。維新の立役者の一人でもあり、歴戦の勇者としても知られる。戊辰戦争、西南戦争、そしてここ数年度重なる民権運動や反乱などを、悉《ことごと》く鎮静してきた武勇の男であった。

「夜会服もよく似合っている」

武骨な男が琴子を前にすると、目を細めて微笑む。しかし一方の琴子はというと、目を伏せたまま口を開かず、むしろ伯爵から軽く身を引くようなそぶりを見せる。重嗣は妹の背をぐっと伯爵へと押して愛想笑いを浮かべ、代わりに応える。

「伯爵が誂《あつら》えて下さった夜会服ですから」

確かにその淡い薄紅は、琴子の白い肌によく映えていた。

「黒塚伯爵は、その若い恋人を前にすると、鬼瓦が崩れますね」

隣に立っていた紳士が黒塚をからかう。黒塚は、華奢《きゃしゃ》な琴子の肩をぐっと引き寄せる。

「儂《わし》の花嫁を、このような衆目に曝《さら》すのは心配でならないが、美しさを自慢してやりたい思いもある。夜会も楽しませてやりたいからな」

黒塚は上機嫌に、豪快な笑い声を響かせた。

今や益々、権勢を増しているこの男にとって、若く美しい少女は一つの戦利品のように見えた。

重嗣は不安げにこちらを見る琴子の視線から目を逸《そ》らし、黒塚に合わせて笑って見せた。

「ああ、八苑子爵。暫《しば》くこちらで姫は預かろう。夜会を楽しまれるといい」

さながら邪魔だと言わんばかりに黒塚に手で払われ、重嗣は会釈をする。縋《すが》るような琴子の視線を振りきり、重嗣は頭を下げて琴子に背を向けた。

ホールの奥のテーブルには色とりどりの料理が並んでいた。ローストビーフや、異国の果物。食べつけない洋食ばかりが並び、香りだけでも胸やけしそうに思えた。重嗣はグラスを取ってワインを貰うと、二階へ上り、暫く階下のホールを眺めていた。

黒塚は、ホールの中で取り巻きに囲まれながら琴子を連れて歩いていた。ひどく太った老年の英国人と話していたが、やがてその男が琴子と踊ることを許されたらしく、ホールで手を取って踊り始めた。一通り、習わせていたから、琴子はそつなく踊っている。

「お上手ですね、妹姫様は」

隣に千武総八郎がいた。

「おかげさまで、一通りは心得させておりますから」

重嗣は総八郎から遠ざかろうとする。しかし総八郎は構わずホールを指さした。

「あちらをご覧なさい」

総八郎が指す先には、若い青年貴族が二人、話をしている。うちの一人はじっと踊る琴子を睨《にら》んでいるように見えた。

「あれは、黒塚隆明《たかあき》氏。黒塚伯爵のご長男です。あの方の方が、琴子姫よりも年上だ」

重嗣はとっくに知っていた話をされて、不快げに眉を寄せる。

「それが何か」

「あの隆明氏のご母堂についての噂はご存じで」

重嗣は唇を引き結ぶ。

黒塚伯爵の亡き夫人は、元々、武家の跡取り娘だった。そこに無名の下級武士だった現在の伯爵、黒塚隆良が養子として入り、家督を継いだという。

黒塚は豪傑であり、剣の腕も立つ。人当たりも良く、気風《きっぷ》もいいので、多くの家臣に慕われてもいた。ただ、この男は酒癖だけは驚くほどに悪かった。若い時分には、酔った勢いで刀を抜き放ち、町人を斬ったことがあるという。しかしそこに、新たな噂が加わったのは、九年ほど前のことになる。

酔って帰宅した折に、そのことを言い咎《とが》めた妻を、刀で斬り殺したというのだ。できたばかりの警察組織が、その報を受けて調べに入るも、警察の長官がかねてから黒塚と親しかったこともあり、事件は夜盗の仕業として片付けられた。以来、長男は父を嫌い、外国へ留学。屋敷内でも大勢の使用人たちが逃げるように辞めていったという。

「噂は、噂ですよ」

「なるほど、お気になさらぬと……」

重嗣は強がるように口元を引き結んで、笑顔を作った。

「私だとて、酔って帰ったことを言い咎められれば、逆上することもありましょう」

「なるほど」

総八郎は、軽い口調で受け流す。苛立《いらだ》つ重嗣は微《かす》かな記憶を手繰《たぐ》り、総八郎を睨んだ。

「私も貴方の噂をかねがね、聞いておりますよ」

「ほう……」

「金儲けのためならば、人を陥れることすら厭《いと》わない。商売敵に刺客さえ送る。その軋轢《あつれき》から黒塚伯爵と袂《たもと》を分かち、対立さえしているという噂です」

一時は、共に開拓事業を手掛けていたというが、ここ一、二年の間に、黒塚と千武の仲が急激に険悪になったというのは、何度か夜会へ赴く度に聞いた話だった。たとえ富豪とはいえ、商家の男と親しくなる気もないので、聞き流していた話だったが、千武総八郎の顔を見るうちに思い出していた。

「そうですね。私と黒塚伯爵は色々と、見解に違いがあるようです……」

総八郎はわざとらしく寂しげな笑みを浮かべ大きくため息をつくと、これまでの話を断ち切るように、首を傾げた。

「お父上は、お達者で」

重嗣は不意の問いに驚いて頷く。

「ええ……隠居を許された折は病篤くおりましたが、今は持ち直しております」

「それは何より。それで貴方が子爵に叙された後も、賭け事はお止《や》めにならないご様子ですが」

重嗣は、思わず身を引いた。総八郎は静かに微笑む。

「いえ、そんなに驚かれることではありますまい。当家の家人が、ある賭場《とば》で見かけたことがあるそうです。何でも、平民のように木綿の着物に身をやつして、小銭を握りしめていたけれど、あれは八苑家のご隠居ではないか……と」

重嗣は額から嫌な汗がにじんでくるのを感じて手のひらでそれを拭《ぬぐ》う。総八郎は狼《ろう》狽《ばい》する重嗣の様子を見ながら、淡々と言葉を続ける。

「華族は帝室の藩屛《はんぺい》と申すそうですね。爵位を得た者は、即ち天皇陛下とそのご一家を守る立場にあると。そのために威儀を正し、風格を保ち続けなければならないそうで……黒塚伯爵は剛腕の政治家ではあるが、私生活では悪評が高い。金も権力もあるが、後添えになろうという家は少ない。ならばここでお姫様《ひいさま》を賭けてみようというのでしょう。貴方もなかなかの賭博をなさる」

重嗣はじっと総八郎を見つめる。

「何を言いたい」

「いやなに、損をなさらぬことを願うだけですよ」

階下では先ほどまで踊らされていた琴子が、社交に忙しい黒塚に放っておかれて、壁際の椅子にぼんやりと座り込んでいた。黒塚の許婚《いいなずけ》であることを知っている列席者は、琴子に声をかけようとはしない。

重嗣はその様子を見かねて階下に降りようと踵《きびす》を返しかけた。

「おや、ご覧なさい」

その時、総八郎は面白そうに声を上げた。重嗣が総八郎に言われるままに視線を向けると、壁際に座る琴子の傍《そば》に、細身の青年が一人、歩み寄る。手足が長く、燕尾服がよく似合っている。年は二十歳《はたち》頃に見えた。形式通りに琴子に向かって挨拶をして、踊りに誘うように手を差し伸べる。

先ほどまで白かった琴子の顔が、青年の姿を前にした途端、ほのかに色づき、紅潮するのが分かった。琴子は青年の手を取ると、じっと青年の顔を見上げている。そして、二人は楽団の演奏する円舞曲を踊り始めた。

「誰だ、あれは」

重嗣は身を乗り出して見る。

琴子の婿を探すために、あらかたの良家の子息のことは調べ尽くしていた。しかし、あんな青年は一度も見たことがない。

「どこの馬の骨でしょうね」

総八郎が愉快そうに呟く。重嗣は顔色を失い、ホールを見渡す。すると、その二人の様子をじっと見つめる黒塚伯爵の姿が目に留まった。その顔は明らかに険しくなっている。

「いい歳《とし》をして、悋気《りんき》とは」

総八郎は、鼻でせせら笑った。重嗣は身の内から寒気が駆け上るのを覚えた。

「何をやっているんだ、琴子は」

踊りを止めさせようとホールへと階段をかけ下りた。

その時、外で大きな音がした。

「花火だ」

列席者たちの声が響き、人々がテラスに殺到する。その人の流れに阻《はば》まれて、重嗣は前に進むことができない。人垣をかき分けてホールへ出たが、そこにはもう、琴子の姿も青年の姿も見えなかった。慌《あわ》ててテラスから庭へ出ると、再び大きな音がして、空に大輪の花火が開いた。美しい大輪を、重嗣は見上げる。しかし、その胸中は穏やかではなかった。花火十発が打ち上げられると、ざわめきと共にみながホールに戻ってくる。

重嗣は苛立ちながら再び視線を巡らせると、テラスにぼんやりと一人でたたずむ琴子の姿を見つけた。

「琴子」

琴子はゆっくりと兄を振り返る。

「お兄様」

「何をやっているんだ、お前は」

思わず恫喝《どうかつ》の声を上げる。琴子は驚いて身を竦《すく》め、怯《おび》えた目で兄を見上げた。

「そんなお怒りにならないで、お兄様」

重嗣は頭を掻《か》きむしり、そして琴子の腕を摑《つか》む。

「お前は黒塚伯爵の婚約者だ。伯爵に恥をかかせてはならない」

琴子は兄の腕を振り切ると、今にも泣きだしそうな顔をした。

「ここでは他の方と踊ることなんて、何度もあるでしょう。どうしてそんなに叱られなければならないの」

「それは……」

重嗣は妹の顔を見る。

妹は、先ほど自分がどんな顔であの青年と踊っていたのか分かっていないのだ。黒塚に対する時の青ざめた白い顔ではない。乙女らしい顔をしていたのだ。

重嗣は余計なことを言って、琴子があの若者に興味を持つことを恐れた。ただその腕を強く握ると、強引に引っ張る。

今、八苑家が黒塚から見捨てられるわけにはいかない。

「今日で、鹿鳴館に来るのは最後だ。伯爵にご挨拶したら帰るから」

重嗣は琴子に優しく諭すように言った。琴子は黙って頷くと、兄と腕を組む。先ほどの紅潮した美しい頬は、再び白磁のそれに戻り、人形のような妹は、いっそ哀れにも思われた。

「まあ、楽しんだのならよかった」

黒塚伯爵は鷹揚《おうよう》に構えているようでいて、その実、静かな怒りを秘めているようにも見えた。

「琴子姫、笑っておくれ」

そう言う黒塚の瞳は笑っておらず、呼気《こき》からは酒の臭いがしていた。赤ら顔で琴子の肩に手を置き、力を込めたのが分かった。琴子は微かに怯えたように顔を歪《ゆが》めたが、口の端をゆっくりと持ち上げる。しかしそれは作ったような笑みにしかならず、相変わらず顔色は白いままだった。

「ありがとうございました」

これ以上、琴子が無礼をする前にと、重嗣は丁寧に頭を下げ、すぐさまその手を取って車寄せへと急ぐ。

「もう、お帰りですか」

千武総八郎が立っていた。重嗣は総八郎から逃げるように馬車に乗り込んだ。

帰りの馬車に揺られながら、重嗣は向き合った琴子の淀《よど》んだ表情を見るに堪えず、視線を外へと向けた。

「琴子」

「はい」

琴子はか細い声で返事をした。

「先ほどの男は誰だ」

「存じません。ただ、踊りましょうと声をかけて下さっただけです」

「名を聞かなかったのか」

琴子は静かに首を横に振った。

「連れはいたのか」

「知りませんわ」

琴子は重嗣の予想に反し、声を張った。

「私は、お兄様のおっしゃる通り、伯爵に嫁ぐと言っているじゃありませんか」

強い語気で言い放つ。琴子のこんな声を聞いたことがなく、重嗣は思わず身を引いた。琴子は唇を噛みしめる。

「私……伯爵が嫌いです」

「琴子」

重嗣は咎めるように声を荒らげた。琴子は膝《ひざ》の上に載せた拳を強く握りしめる。

「あの方と踊って、お話をして分かりました。私は殿方が嫌いなのかと思っていましたが、違いました。私は、伯爵が嫌いなのです」

「琴子」

重嗣が再び声を上げる。琴子はしゃくりあげるように声を震わせ、突っ伏して泣いた。

琴子の泣き声を聞きながら、重嗣は窓の外を見る。

真っ白い琴子の世界の中では、好きも嫌いも存在せず、ただ重嗣の言うままに嫁ぐことになっていたはずだった。あの若者が一点を穿《うが》ち、それ故に不意に開けた琴子の世界は、嫌いなものを生み出した。それが、よりにもよって黒塚伯爵だというのか。

「女は物を知らぬ方がいい」

呪《のろ》うように小声で呟いた重嗣の視界に、一本のガス灯が見えた。その明かりの下に、黒いマントを羽織る一人の人影が立っていた。重嗣の視界の先で、男はひらりとマントを広げ、丁寧に頭を下げる。上げた顔がガス灯の仄《ほの》かな明かりに照らされて見えた。それが先ほどの若者だと気付いたのは、通り過ぎてからだった。

「止めろ」

重嗣は声を上げる。

琴子は驚いたように重嗣を見上げた。

「お兄様」

重嗣は馬車を降りて、通り過ぎたガス灯に目を凝らすが、既に人影はなかった。辺りは漆黒《しっこく》の闇に包まれており、物音さえしない。

あの顔は、薄ら笑いを浮かべていた。

馬車の中で戸惑ったように兄を見る琴子を振り返る。姿なき蛇《へび》に巻きつかれたような、得体の知れぬ不安が胸を突き上げた。

一

空高く鳶《とび》が円を描き、甲高《かんだか》い鳴き声を立てていた。空は青く晴れ渡り、どこからともなく、春の香りがする。

明治三十九年、三月。帝都東京。

若い緑の街路樹が並ぶ麻布《あざぶ》の通りを、一台の人力車が走っていく。

俥《くるま》の中で背をもたれさせて座っているのは、海老茶《えびちや》の袴《はかま》を穿《は》き、リボンで長い髪を結った女学生。透けるような白い肌が微かに色づく十六の少女である。少女は名を、千武斗輝子《ゆきたけときこ》といった。昨今、男爵位を得た当代きっての大富豪、千武総八郎の孫娘で、女学校からの帰宅の途にあった。

人力車の車輪はカラカラと軽妙に回る。路地を曲がると、急な坂道を登った先に、堅牢な作りの門が見えた。門番の男は人力車を見ると、スッと門を開け、俥は一度も止まることなくその門を潜り、瀟洒《しようしや》な洋館に辿り着いた。

華族の屋敷の大半が元藩邸などであり、この千武男爵邸もまた、元はさる大藩のお屋敷であった。昔ながらの武家屋敷と並び、来賓などを迎えるための洋館を併設することが昨今の流行である。千武家の洋館は、男爵である総八郎の口利きで御用外国人の建築家に依頼し、現代の粋を尽くした豪邸である。その館はさながら異国の絵草子に見る城のようだと、巷間《こうかん》で話題になっていた。おかげで下町の物見高い人々が門前に時折現れたが、門前からは屋敷が見えぬというので、渋々帰る者、門を開けろと騒ぐ者があり、しばらくは騒々しかった。

　車夫が車寄せに俥をつけると、間を置かずに一人の女中が姿を現した。臙脂《えんじ》の着物に西洋風の前掛けをした少女は、斗輝子と年の頃が近く、髪は丁寧に纏《まと》められていた。

「お帰りなさいませ、お嬢様」

「ただいま、八重《やえ》」

　斗輝子は車夫が置いた踏み台を使って俥を降り、手にしていた荷物を八重に手渡す。八重は荷物を受け取りながら、斗輝子の後を歩き始める。

「お嬢様、あちらに……」

　八重が指さす先には、屋敷の庭に続く小道がある。その木陰から一人の若者がこちらを見ていた。帝大の詰襟を着こんだ人物は、斗輝子に向かって会釈をする。

「書生の井上《いのうえ》さんですよ」

　八重が小声で斗輝子に耳打ちをし、斗輝子は、ああ、と頷いた。

　屋敷の庭の奥には、斗輝子の祖父、千武総八郎が優秀な若者を書生として住まわせる「青雲荘《せいうんそう》」という名の寮がある。井上は、一年前から青雲荘の住人であった。

「また、ですね」

八重はくすくすと忍び笑いを漏らしながら、斗輝子に耳打ちをする。斗輝子は軽くため息をつくと、仕方ないといった様子で井上の立つ方に歩き出す。

「井上さん、ごきげんよう」

斗輝子は微笑と共に挨拶をする。井上と呼ばれた青年は、嬉《うれ》しそうに微笑んだ。

「斗輝子お嬢様は今、お帰りですか」

「はい」

生真面目な風情の井上は、その一言を交わすと額の汗をハンカチで拭った。そして懐から一通の手紙を取り出すと、斗輝子に差し出した。

「あの……これを」

斗輝子は突き出された封書と井上を交互に見る。

「これを、私に」

「はい」

斗輝子はこれ見よがしなため息をつく。

「何度も申し上げておりますが……困りますわ。お祖父様に知られては、私のみならず井上さんも叱られてしまいます」

困惑した様子で目を逸らす斗輝子に、井上は縋るような目を向けた。

「捨てて下さって構いません。ただ受け取っていただければ」

斗輝子は渋々といった様子で頷くと、それをそっと手に取った。

「有難うございます」

斗輝子はそのまま静かに背を向けた。

「では、失礼いたします」

井上はそう声を張ると、そのまま青雲荘へと走って行った。

井上の走り去る音を聞きながら、斗輝子は八重に向かってひらひらと手を振り、屋敷へ向かう。

「お待たせ、八重」

玄関ホールに入ると、突き当たりに階段があり、階段の踊り場にはステンドグラスが入っていた。色鮮やかな光がホールに降り注ぐ。斗輝子はその中をゆっくりと階段を上る。

「井上さんはまた、お手紙ですか」

「ええ」

「懲りませんね、あの方も……」

呆《あき》れたように呟きながら階段を上りきったところで、八重が思い出したように手を打った。

「あ、そうでしたお嬢様。若様が、今日の夕刻にはお帰りになるそうですよ。お夕食は洋館でご一緒にと、奥様からお言伝《ことづて》です」

「まあ、お兄様が」

斗輝子は先ほどまでの退屈そうな表情から一転して、満面の笑みを浮かべた。

「嬉しそうですね」

「それはそうでしょう。もう一週間もお留守でいらしたのよ。神戸は遠いとはいえ、長すぎます」

洋館の二階の廊下の突き当たり手前に、斗輝子の部屋がある。斗輝子が部屋の前に立つと、八重が腕を伸ばしてドアを開いた。

部屋には、少女の居室らしい薄紅の絨毯《じゅうたん》が敷かれていた。奥には舶来の天蓋《てんがい》付きのベッドが置かれ、大きな窓が開かれていた。レースのカーテンが揺れ、柔らかい日が差し込んでくる。マホガニーの机とガラスのランプ。猫足の鏡台には香水や化粧水の色とりどりの瓶が並び、それに日の光が反射して、部屋を照らす。窓辺にはソファが置かれており、斗輝子はそこに座り込んだ。

八重が斗輝子の荷を部屋の入口のコンソールに置きそっとドアを閉めると、斗輝子は手招きをした。

「八重、ほら、こっちへいらっしゃいよ」

二人で並んで座ると、井上の手紙を慌ただしく開いた。

「何ですって……ええっと。我が恋人は紅き薔薇《ばら》……六月新たに咲きいでし。我が恋人は佳《よ》き調べ……調子に合はせ妙に奏でし。かくも麗《うるわ》し、我が乙女、かくも深くぞ我は愛する……って、これ何これ」

斗輝子は弾《はじ》かれたように笑い出し、お腹を抱えて足をばたつかせる。

「意味が分からないし、おかしなことを書いてくるのね」

「あ、お嬢様、何やらその後、英語が続いていますよ。異国の詩か何かなんじゃありませんか」

二枚目を捲《めく》ると、延々と英文が連ねられており、最後に「Robert Burns」と記されていた。更に手紙には三枚目が続いた。

「詩を読みて、貴女を思ふ」

たった一行が添えられていた。

「何これ、変な人」

斗輝子が纏めて放り投げた手紙を八重は慌てて拾った。

「お嬢様。井上さんが折角、下さったのに」

「だから読んだでしょう。それでお仕舞。面白かったわ。井上さんも捨てていいって言っていたじゃないの。……何だか白々しいと思わないこと。私の顔はせいぜい十人並みだって、私だって知っているわ」

自嘲気味に鏡台を覗く斗輝子に八重は肩を竦める。

「……まあ、お嬢様は美人というほどではありませんが、可愛らしくていらっしゃいますよ」

「貴女はまるで遠慮をしないのね」

「もうお嬢様には慣れましたからね。遠慮したとて、ふて腐れるだけじゃありませんか。それにしても、毎度、毎度、大笑いされているとは、井上さんもご存じないでしょうね」

「仕方ないでしょう。笑う以外にどうするの。心打たれて恋に落ちるとでも」

八重は深くため息をついた。

「そもそも、お嬢様がからかわれるのが悪いんです。思わせぶりはこの際、罪です」

斗輝子は鏡台へ移ると、ブラシを取ってゆっくりと髪を梳《す》いた。

「思わせぶりって、私は何もしていませんよ」

八重は斗輝子の背後から鏡越しに斗輝子を睨む。

「何をおっしゃるやら。お嬢様はいつもこうですよ。殊更ににっこりと微笑んで」

八重は背筋を伸ばして立ち姿を決め、にっこりと微笑んで一つ咳払いをする。

「ごきげんよう、お勉強、大変でいらっしゃいますね。陰ながら応援しておりますわ」

と、斗輝子の声音《こわね》を真似る。

「そんなことを言われたら、田舎から出てきたばかりの純朴青年がお嬢様にありもせぬ幻想を見ても仕方ありません。十倍増しは美人に見えるように、お嬢様がなさっているんじゃありませんか」

斗輝子は八重を見て拍手をした。

「よく似ているわね、私に。今度お母様に叱られる時に代理をしてもらおうかしら」

「お嬢様、冗談を言っているのではありません」

「ありもせぬ幻想ってどういうことよ」

「淑《しと》やかな深窓の令嬢という幻想ですよ。だからこんな、訳の分からない詩のようなものをいただくんです」

八重は先ほど拾った手紙を斗輝子に示した。

「井上さんだけじゃありませんよ。いつぞやの法学生の方も、医学生の方も……。医大生の吉本《よしもと》様は、時折、裏庭からこの窓を眺めていらっしゃいますよ」

「少し怖いわよね」

「知りませんよ。そのうち痛い目に遭っても」

「知らないわよ、そんなこと。それに、彼らがその幻想で楽しく遊んで英詩を読んだりしている分には、放っておいていいじゃない」

すると八重は殊更大仰に、手を合わせて天を仰《あお》ぐ。

「ああどうか、皆様が早くお嬢様の本性に気付かれますように」

斗輝子は、からっと笑った。

「気付きはしないわよ。あの人は、私が好きでこういう文を渡すわけではないのだから」

「では、何なんですか」

「千武家の娘が気になるのよ。先だって、お姉様がいらした時には、お姉様をじっと見ていらしたわ。あちらは高嶺《たかね》の花《はな》だから、こちらにって思っているだけよ」

「確かに、美佐子《みさこ》お嬢様に比べれば、お嬢様の方が幾分、手が届きそうな気がするかもしれませんね」

「そんな人たち相手に、私が罪の意識を持つ必要などどこにあるの。からかうくらい、何てことはないでしょう。どの道、仮にも男爵家の娘と平民の書生が結婚なんてことにはならないことぐらい分かっているのなら、わざわざ私が悪者になって打ち砕いて差し上げる必要なんてないでしょう」

「まあ……それはそうですけれど……」

斗輝子は退屈そうに欠伸をしながら、鏡台を離れてベッドに身を投げ出した。八重はその斗輝子を起き上がらせようと腕を引く。

「ああ、そうそう。今日からまた新しい書生さんがいらっしゃるそうですよ」

「妙な季節に来るものね」

新学期は九月なので、大抵の書生が寮にやって来るのは秋である。今は既に三月。何とも中途半端な時期である。

「なんでも、一高の時分から御前に寮に入るように勧められていたそうですが下町に下宿していたとか」

「どうして」

「さあ……そこまでは。でも、ここへ来て急に、御前のお誘いを受けることにしたんだそうです。まあ、天下の千武男爵に声を掛けられて、恐縮していたのではありませんか」

八重の情報の大半は台所の噂話なのだが、祖父や父、兄の下に出入りする使用人たちから聞こえているので、かなり真相に近い。ふうん、と、斗輝子は納得したように頷く。千武の名に恐縮するような気の弱い書生とあれば、揶揄《からか》い甲斐もあるというものだ。

「それは楽しいわね。着替えなくちゃ」

斗輝子は勢いをつけて起き上がり、袴の腰ひもを引き、その場に脱ぎ捨てる。それらを八重は拾いながら、手際よく畳んでいく。

「何になさいます」

「桜柄の振袖があったでしょう。それに緞子《どんす》の帯で」

「それはまた、ちょっと派手すぎませんか」

「春らしくていいでしょう」

八重は簞笥《たんす》から振袖を引き出し、なお一層華やかな赤い帯締めを並べる。斗輝子は襦袢《じゅばん》一枚で八重の前に両手を広げて立っていた。いざ着せ掛けようとした八重は、屈《かが》んで襦袢の裾《すそ》を整えていたが、不意に驚いたように目を見開いた。

「……お嬢様、そのおみ足はどうなさったんです」

八重は斗輝子の脛《すね》を指さした。そこには白い脚を横切るようにはっきりと赤い痣《あざ》ができていた。斗輝子は慌てて着物の裾で隠そうとしたが、八重にがっつりと足首を握られていた。斗輝子はため息をついた。

「少し脛を打っただけよ。誰にも言わないで頂戴《ちょうだい》よ。特に、お母様とお富《トミ》には絶対に」

八重は、はいはい、と軽く頷きながら、手際よく着物を着せ掛ける。斗輝子はそれに大人しく腕を通していく。

「痛そうですが……薙刀《なぎなた》でもなさいましたか」

「仕方ないのよ。あの、加山《かやま》の英子《えいこ》様が」

「加山伯爵家の英子様ですね」

八重の言葉に斗輝子は頷く。

「毎度ですが、今回は何を」

「いつものように嫌味を言われたのよ」

「千武男爵は、お手爵でいらっしゃると」

千武男爵、つまり斗輝子の祖父千武総八郎は、元は商人であった。ご一新、西南戦争などで官軍のために働いたこと。また、先の日清戦争においても軍備のために奔走したことから、五年ほど前に爵位を叙されていた。しかし、この爵位に対しての反発は強く、

「商人の分際で華族になるなどとは」

と、批判されていた。金で爵位を買った手酌ならぬ手爵だという興味本位の新聞記事まで出回っていた。

「それで、お嬢様は何とおっしゃって、何でお怪我をなさったのでしょうか」

「加山家は代々、武家であるとおっしゃるので、それならばさぞかし武術に長《た》けていらっしゃる。薙刀もお得意でしょう」

とけしかけたところ、あっさりと英子が勝負に乗った。女学校でも嗜《たしな》みの一つとして薙刀を習うことはあったので、放課後に道場で勝負を決めることになった。

「それで」

「勝ったのです」

勝負に勝ったのは良かったものの、英子の小手を強く叩いたため、英子の手に赤い痣がついた。帰り際にそれを見つけた女教師が英子を問い詰め、斗輝子との勝負の話となり、結果、斗輝子が教員室へ呼び出された。曰く、

「英子様は、近くお輿《こし》入れがお決まり遊ばしているというのに、あなたという人は」

と、叱られた。あまりにも長い時間になりそうだったので、

「それならば、私も怪我を負いましょう」

と、自ら手を打とうとしたところ、女教師が叫んでその手を押さえた。そこで体の均衡を崩し、傍らのソファの肘掛で強《したた》か脛を打った。

「ついでにこれも」

斗輝子はくっと顔を上げて顎の下にある小さな赤い痣を見せた。

「慌てて支えに来た先生の眼鏡と、立ち上がった私の顎がぶつかって」

「は、なんですかそれは」

八重は呆れたような声を出した。斗輝子はふて腐った表情で更に続ける。

「それで余計に慌てられた先生が、男爵様には日頃、多額のご寄附をありがとうございますなどとおっしゃって」

今度は滔々《とうとう》と祖父を誉めそやし始めたので、分かりました失礼します、と言い放って部屋を出た。すると、英子が取り巻きを二人連れて待ち構えていた。すまし顔で、

「斗輝子様は、お輿入れ先はお決まり遊ばして」と聞いてきた。

「腹が立ったので、無視して帰ってきました」

斗輝子はそこまで言うと、ふう、とため息をついた。すると八重が、斗輝子以上に深いため息をつく。

「大人げないことこの上ないですね」

八重は後ろに回り、斗輝子の体に巻きつけた帯を力いっぱい締め上げた。斗輝子はその力に圧《お》されてふらりとよろめく。

「あまりに無礼でしょう、先生も英子様も」

「いいえ。先生がお叱りになるのは当然です。英子様の嫌味は毎度なのですから無視

なさればいいのです」

「だから無視して帰ってきたでしょう」

「いいえ。最後の問いにはきちんとお答えするべきでした。お祖父様には、許婚にお心積もりがあると」

斗輝子はがっかりしたように肩を落とし、振袖をひらひらと振り回して遊ぶ。

「また、それ」

「私がお嬢様にお仕えするとき、御前がおっしゃっていたのです。あれの嫁ぎ先は既に決めてある……と」

微かに祖父の声真似をして見せた八重を一瞥《いちべつ》し、斗輝子は退屈そうに伸びをした。

「お父様もお母様もお兄様も、みなそうおっしゃるわ。お祖父様が決めていらっしゃるらしいと。でも誰もその姿形、年齢も素性も知らない。霞《かすみ》にでも嫁ぐのかしらね」

「大丈夫ですよ。御前とてお嬢様の性分をご存じなんですから。下手な殿方なら、薙刀でなぎ倒しかねませんからね」

「どうかしら」

祖父は、孫の斗輝子にとっては甘いが、一方で剛腕でもある。いかなる政略結婚が仕組まれていても驚きはしない。小さな不安は常にあった。

「まあ、きれいに仕上がりました。そこに立っているだけで部屋の中に桜の花が咲いたように艶《あで》やかです」

八重は楽しげに誉めそやす。斗輝子もこれ見よがしに回って見せた。

その時、ふと階下から音が響いた。声は具《つぶさ》に聞こえないが、玄関が開き、誰かが入って来たようである。

「書生さんですか」

「お兄様かもしれない」

斗輝子は振袖を振りながら部屋を出る。廊下を小走りに渡り、八重もそれに続いた。廊下の中ほどから一階に下る階段が続いている。踊り場近くまで下ると、そっと下を眺めた。

玄関ホールには、一人の青年が立っていた。斗輝子や八重よりやや年かさの様子で、古びた絣《かすり》の着物は垢抜《あかぬ》けない。黒い豊かな髪が無造作に伸びている上、学生帽を目深《まぶか》にかぶっているので、目元がよく見えなかった。

「これはまた、随分と垢抜けない……」

そう呟いたのは、斗輝子の背に身を隠しながら首を伸ばしている八重である。

斗輝子は再びホールを見ると、ふと違和感を覚えた。

これまで何人もの書生や来客がこの家にやってきたが、大抵は入るなりそわそわと視線をあちこちに泳がせる。まだ洋館が珍しいこともあるし、天下の富豪である千武男爵邸ともなれば、緊張もするのだろう。

しかし、今、ホールに立っている書生は、視線を動かすことすらしていない。すっと背筋を伸ばして立っており、落ち着いている。身なりが垢抜けないにもかかわらず、その立ち姿は、この洋館の中に溶け込んでいるようにさえ見えた。

「やめるんですか、お嬢様」

八重が痺《しび》れを切らしたように言う。

何やかやと言いながら、八重もまた、書生をからかうこの遊びが好きなのを斗輝子は近頃知っている。

「行くわよ」

斗輝子はゆっくりと階段を降りる。

いつもなら三段ほど降りたところで書生が気付く。なぜなら彼らは視線を落ち着きなく動かしているからだ。しかし、今日の書生は気付かない。ようやっと、最後の段を降りたところで書生は顔を上げた。

「ごきげんよう」

斗輝子は、力いっぱいの笑顔で書生に向かって挨拶をした。

この笑みに、大抵の書生は呆気《あっけ》にとられたような顔になり、続いて顔を真っ赤にして俯《うつむ》くものだ。

だがこの書生は違った。

「どうも、お世話になります」

帽子をとって丁寧に頭を下げ、人懐こい笑顔を見せた。しかし、照れた様子は微塵《みじん》もない。

「これが荷物です。女中さんが来たら運んでもらうように言われていたのですが、いいですか」

斗輝子は何を言われているのか分からず、

「は」

と思わず強い口調で聞き返した。

「え、女中さんではない……」

書生は殊更に驚いたように言った。

斗輝子は呆気にとられたまま、その場で立ち尽くす。何事か言い返そうとして声に詰まり、肩をいからせた。いざ声を出そうと口を開けた瞬間に、

「あら、斗輝子お嬢様」

と、声がした。見ると、勝手に続く廊下から、白髪を日本髪に結い上げた、女中頭の富が顔を覗かせた。そして斗輝子を見て、書生を見て、呆れたようにため息をついた。斗輝子ににじり寄ると、耳元に顔を寄せる。

「お嬢様、またそのように軽々しい」

叱責の言葉を投げかけて、書生に視線を転じる。

「書生さんですね。荷物はこちらで全部ですか」

「ああ、はい。ありがとうございます」

書生は愛想よく答える。

「平蔵《へいぞう》」

呼ばれて出てきたのは、大柄で着物の裾を端折《はしょ》った男である。

「この荷物を青雲荘の二階の真ん中の部屋に運んで。私は今から鍵を取ってきます。書生さんはそちらでお待ちになって」

富は手際よくそう言うと、再び斗輝子に歩み寄る。

「今宵は若様もお帰りなのですから、大人しくしていらして下さいね」

釘をさすように言うと、そのまま奥へ向かう。

玄関ホールには、斗輝子と書生が残された。しばらくの沈黙の後、書生は斗輝子に恭《うやうや》しく頭を下げた。

「お嬢様でいらっしゃるとは知らず、とんだ失礼を。いやあ……男爵家ともなると、女中さんも随分華やかなものだと思ったのですが……田舎者はこれだからいけません」

斗輝子は気を取り直して背筋を伸ばし、表情を引き締めた。

「あなた、お名前は」

「あ、申し遅れまして。影森怜司《かげもりれいじ》と申します」

影森怜司は、改めて形式通りの美しい礼をして口の端を軽く上げるだけの皮肉な笑みを浮かべている。その表情でわざと斗輝子をからかったのだと分かり、かっと顔が赤くなるのを感じた。

「眼鏡をお作りになられたら。お祖父様に私から申し上げておきましょうか」

「いえ、特に不自由はしておりませんから、お気遣いなく。あ、そうだ」

怜司はふと思いついたように、手にしていた袋から小さな器を取り出した。

「お詫《わ》びといってはなんですが、どうぞ」

「何ですか、これは」

「膏薬《こうやく》です。ここ、赤みが、引きますよ」

怜司は自分の顎を指さして見せた。斗輝子は何を言われているのか分からずにいたが、すぐにそれが、今日の女教師とぶつかった折の顎の痣だと気付き、慌てて手のひらで隠す。

「どうぞ」

怜司がずいと差し出したそれを暫く睨んでいたが、奪うように受け取ると、斗輝子はそのまま踵を返し、階段を駆け上がろうとして脛の痛みに顔を歪める。

「以後、お見知りおきを」

怜司の声が後ろから追いかけてきたが、振り返りもせずに上がって行った。階段の上には、手すりに手を添えたまま蹲《うずくま》って笑い転げている八重がいた。

「笑わないでよ」

斗輝子が声を荒らげると、八重は目尻に溜《た》まった涙を拭う。

「だって、お嬢様、あの書生さん、お嬢様のことをからかって……」

「もう」

斗輝子は八重に背を向けて、足取りも荒々しく廊下を渡る。

「お嬢様、お嬢様」

斗輝子を追いかける八重の声は笑いを含み、斗輝子は唇を噛みしめて、拳を握りしめていた。

○

夕刻を過ぎ、斗輝子は絨毯の敷き詰められた廊下を渡り、食堂へと急いだ。

食堂には、胡桃《くるみ》材の大きなテーブルがあり、天鵞絨《ビロード》張《ば》りの椅子が並んでいた。柔らかい明かりの下、既にテーブルについていた小紋姿の母、伊都《いと》は斗輝子を窘めるように咳払いをした。

「失礼いたします」

斗輝子は恐縮したように背を縮めて入っていく。そっと母の隣の席に近づいて腰を下ろすと、既に座っていた十歳になったばかりの弟、藤次郎《とうじろう》が横目で斗輝子を一瞥する。

「ちい姉様は仕方ありませんね」

大人びた口をきく弟に続き、母も又、ため息をつく。

「貴女という人は、どうしてこう落ち着きがないのかしら」

斗輝子はすみません、と小声で謝ると、ふとテーブルを見回す。

「お姉様は」

斗輝子の一つ年上の姉、美佐子の席が用意されていないことに気付いた。

「美佐子さんは、あちらのお家です」

伊都はつんと澄ましてそう言う。

あちら、というのは、美佐子が近く嫁ぐことになっている朱小路《あけのこうじ》伯爵家のことである。十を過ぎて間もなく縁組を決めたというその縁から、美佐子はしばしば行儀見習いと称してあちらの家へ呼ばれていた。

「確かに、当家に比べて格式もおありなのでしょうが、何かというと美佐子さんを呼びつけて……」

母は朱小路家のやりようが気に食わないらしく、事あるごとに「あちら」と嫌味の応酬をしていた。

「お母様は相変わらずですね」

部屋に入るなり、笑いながら挨拶をするのは、斗輝子の兄、栄一郎《えいいちろう》である。

「お兄様、お帰りなさい」

斗輝子が満面の笑みで挨拶をすると、栄一郎は微笑みながら頷く。

「ただいま、斗輝子」

帝大を卒業後、千武家が営む千大商事の役員をはじめ、出資している企業の重役を務めている千武総八郎の孫、栄一郎はこの年、二十四になる。先日来、訪れていた神戸から帰って来たばかりであった。

「お母様は、まだ朱小路家のことをお厭いなのですか」

栄一郎が問うと、伊都は眉を寄せた。

「厭うというほどのことではありません。ただ、先方は当家が商家であることから、軽んじているのです」

「それは長窪家も同じですよ」

栄一郎はさらりと言う。長窪というのは、伊都の実家にあたる。

長窪は維新の折の功績から、新華族として爵位を得ているが、元が武家ということで、とかく商家上がりの千武家を軽んじる。

「長窪はよいのです」

伊都はそう言い切ると、運ばれてきた透き通ったコンソメスープを一口飲んだ。

「家の洋食は久しぶりだな。あちらでは異人を相手にしていたので、意外と料亭に出向くことが多くてね」

栄一郎の言葉に、斗輝子は身を乗り出す。

「今回は、どんなお仕事ですの」

「斗輝子さん、殿方のお仕事に口を挟むのは、思慮のない女のすることです」

母に叱られ、萎《しお》れる斗輝子を見て栄一郎は微笑む。

「お母様は床《ゆか》しい方だ。しかし、お祖父様は、斗輝子には新しい時代の女性になるようにと、思っていらっしゃるそうだよ」

斗輝子は兄を真っ直ぐに見返した。

「新しい時代の女性……ですか」

「そう。生前の慶應義塾《けいおうぎじゅく》の福澤《ふくざわ》さんにお会いした折に、女性の在り方とやらを語ったそうでね。女もまた、一人の人と考えるのが、列強風だと聞いたとか。美佐子はあの通り、由緒あるお家に嫁ぐからそうはいかないが、斗輝子には新しい生き方とやらを探させたいと、おっしゃっていた」

斗輝子は思わず目を見開き、

「まあ」

と、感嘆の声を上げた。同時に伊都が眉を寄せる。

「栄一郎さんも、余計なことを言って唆《そそのか》さないで下さいな。斗輝子は今日も加山家のご令嬢と薙刀勝負をしたというじゃありませんか」

八重が告げ口をしたらしい。斗輝子は給仕をする八重を睨むが、八重はついと視線を逸らした。

「勇ましくて何より」

栄一郎は斗輝子に向かってグラスを掲げる。

メインディッシュが並び始めた時、一人の女中が音もなく栄一郎の傍らに寄り、小さな紙片を手渡した。

「ああ、ありがとう」

栄一郎はそれに目をやると、小さく頷いた。

「やれやれ、お祖父様からのお召しだよ。食後に来るようにとのことだ。明日の件だけれど……」

「明日の夜会ですね」

斗輝子は目を輝かせた。すると伊都が細い眉をキュッと吊り上げる。

「夜会ですか」

栄一郎は、ええ、と頷いた。

「黒塚伯爵から、伯爵生誕祝賀の夜会にお招きを受けているのです。私一人で行こうかと思ったのですが、折角の機会ですから、斗輝子も一緒に連れて行こうと思いまして」

「まあ。何故、そんなお話になっているんです」

「お祖父様からのご提案です」

栄一郎は母の怒りを躱《かわ》すように、さらりとそう言うと、再び皿に視線を落とした。

「お舅《とう》様は何をお考えなのかしら。そのようなところに出向くのは、淑女のすることではありません。軽佻《けいちょう》浮薄《ふはく》というのです」

斗輝子はあからさまにふて腐れた。とりなすように栄一郎は笑う。

「いやいや、二十年前ならいざ知らず、昨今では皇族の方々や華族のご令嬢方は、みな円舞曲の一つも踊れて当たり前です。斗輝子にとっても、淑女になる良い機会ですよ」

兄の助けを借りて、斗輝子は顔を上げた。

「そうですよ。先日、お祖父様が当家で催された夜会も、ご令嬢方が見えていたでしょう」

伊都は険しい表情を崩さない。

「鬼と女は見えぬこそ良かれと申しましたものを」

斗輝子は思わず、ふっと噴き出したが、すぐさま伊都の厳しい視線を浴び首を竦めた。

「食事を終えたら、お祖父様の所へ一緒に行こう。一応、お祖父様の名代として伺うのだから、伯爵へのお言伝などあるかもしれない」

「はい」

斗輝子は、嬉々として頷いた。弟の藤次郎はこの手のやりとりにはまるで関心を寄せず、ただ黙々と食事をしていた。

祖父、千武総八郎の居室は、敷地内の和館と呼ばれる建物にある。旧藩邸をそのままに残した和館は、斗輝子らが住まう洋館から渡り廊下で繋がっていた。

斗輝子は栄一郎と並んでその廊下を歩きながら、背の高い兄を見上げた。

「お兄様、そういえば今日、新しい書生が参りましたのよ」

「そう、どんな人」

栄一郎は興味もなさそうに相槌《あいづち》を打つ。

「垢抜けない雰囲気の田舎者です。とても感じが悪くて、私、苦手ですわ」

「珍しいね。斗輝子はいつも書生たちとは上手《うま》くやっていたじゃないか。八重と二人でからかって遊んでいたのを知っているよ」

斗輝子は強がるように胸を張った。

「今度の書生はよほどの田舎者なので、礼儀を知らないのです。一体、お祖父様はどこで見つけて来たのかしら」

「まあ、お祖父様の人脈は広いからね。しかし、そんな顔をしていてはいけないよ。彼らの面倒を見るのも、我らの大事な役目だ。ノーブレスオブリージュというやつさ」

栄一郎は斗輝子の頭を軽く撫《な》でた。兄とのやりとりはいつもこんなふうで、兄がこうして頭を撫でてもなお、同じ話を続けると、あからさまに退屈そうな顔をする。斗輝子は不服の言葉を呑《の》みこんだ。

長い廊下は、途中までは洋館の絨毯敷きになっているが、途中から畳に変わる。そこから二人は自然に無口になった。もうすぐ祖父と面会する緊張があった。

廊下の突き当たりに総八郎の居室があり、二人は並んで襖《ふすま》の前に座った。

「お祖父様、栄一郎と斗輝子です」

栄一郎が声をかけると、襖は内側からスッと開いた。襖の傍らには男が一人いる。この男は関口《せきぐち》といい、祖父の秘書を務めていた。

部屋の奥には、二つの床の間が並び、その前に縞《しま》の着物に羽織を羽織った豊かな白髪の男が座っている。さながら古風な殿様のような祖父、総八郎は穏やかに微笑んでいた。

「おお、来たか。こちらへ」

祖父の声に導かれ、部屋に足を踏み入れた栄一郎と斗輝子は、その場に膝をついて座り、祖父へ礼をする。そして顔を上げた時、斜め前の辺りに目を留める。

古びた絣の着物に袴といった、およそこの部屋の風情に不似合な身なりの男が一人、座っていた。

「ああ、彼は今日から青雲荘で暮らす、影森怜司君だ」

くるりと膝を回したのは、今日、この家にやって来たばかりの書生である。影森怜司は真っ直ぐに栄一郎を見ると、そのまま両手をついた。

「初めまして。ご厄介になります、影森怜司と申します」

栄一郎は、怜司の丁寧な礼を前に、軽く会釈を返した。

「初めまして。君は、何を学んでいるのですか」

「一高を卒業しまして、今は、帝大で英文を学ばせていただいています」

「英文」

栄一郎は驚いたように目を見開いた。

「珍しい。当家の書生はこれまで、法律、商学、医学などを学ぶ者が多くてね」

「さようですか」

栄一郎はそう言いつつ、総八郎に目をやる。総八郎は栄一郎の視線を気にすることもなく口を開く。

「彼は、昨年から毎報社《まいほうしゃ》で下働きをしているそうだよ」

「毎報社というと、銀座《ぎんざ》の新聞社ですね。私の友人も何人かそちらにおります」

栄一郎が言うと、怜司は微笑んで見せる。

「先輩方から紹介を受けまして。小銭稼ぎではありますが、記者の下働きのようなことをしています」

栄一郎は、ほう、と頷く。

「いわゆるアルバイトですね」

栄一郎の言葉に怜司が笑って頷く。

「何ですの、その……アル……」

斗輝子が眉を寄せて問うと怜司が笑った。

「アルバイトです、ドイツ語で労働を意味する言葉で、帝大生の間ではよく使うのですよ」

怜司の説明に斗輝子はそう、と軽く返した。

「働き者ですね。当家の書生になっても続けるおつもりですか」

「はい」

「学問に専念させて差し上げても……」

栄一郎が祖父を窺うと、祖父は笑顔でそれを否定した。

「いやいや、巷間の噂に詳しくなっておくのも、ビジネスの上では必要だろうし、君も栄一郎の役に立ってくれるだろう」

総八郎が言うと、怜司は総八郎に向き直る。

「無論ですとも。千武家には多大なる借りがある。これ以上、借りを膨らます前に、少しずつでも返していかないと、僕は身動きがとれなくなりますからね」

怜司は無遠慮にそう言い放つと、ははは、と声を上げて笑った。栄一郎と斗輝子が驚きと戸惑いを浮かべて怜司を見やり、続いて恐る恐る総八郎を見た。しかし総八郎は気を害する様子もなく、満足そうに頷いた。

「相変わらず君は、可愛げというものがおよそないね」

「恐れ入ります」

「まあせいぜい頑張りたまえ。この千武家のために」

総八郎が言うと、怜司は殊更に丁寧に指を揃えて床に突いて深々と頭を下げた。

「御前のおおせのままに」

総八郎はくっと口の端を上げて笑った。

「さあ怜司君、もういい。寮の片付けが済んでいないだろう」

「はい。それでは、失礼いたします」

怜司は、ゆっくりと立ち上がる。斗輝子は思わずその顔を見上げた。怜司は斗輝子に皮肉めいた笑みを向けた。小馬鹿にしたような態度に斗輝子は苛立ったものの、祖父の手前何も言えずにただ睨んだだけだった。

怜司が部屋を去ると、栄一郎は改めて祖父に向き直る。

「その……随分と変わった書生ですね」

栄一郎は戸惑いながら問いかける。

栄一郎や斗輝子をはじめ、父、慎五郎《しんごろう》であったとしてもあのような無遠慮な口のきき方をする者はない。

「なかなか面白い。優秀な学生だよ」

「それにしても珍しいですね。英文ですか」

「まあイギリスやアメリカとの貿易の際、英語ができる者がいると思ってね」

総八郎はそう言うと、脇息を引き寄せて姿勢を崩した。

「お前たちを呼んだのは、先ほどの怜司君に会わせておこうと思ったことと、明日のことだ」

「はい。明日の黒塚伯爵の生誕祝賀の夜会は、私が斗輝子を連れてご挨拶に行く予定でおりますが……伯爵に何かお言伝がありますか」

総八郎は表情を変えることすらなく、静かに頷く。

「栄一郎は明日、行かなくていい」

「は」

栄一郎は思わず頓狂《とんきょう》な声を出し、慌てて口元を押さえる。

「失礼を。しかしお祖父様。黒塚伯爵は政界から身を引かれた現在も、大臣らとの繋がりも強く、軍部にも顔が利く方です。昨今、大陸での事業を推進するためには、黒塚伯爵とも懇意にしておくことは必須かと……」

「むしろ行ってくれるな」

総八郎は栄一郎の言葉を遮った。静かに微笑みすら浮かべていたが、その口調は飽くまでも譲らない。栄一郎は怪訝に思いながら、傍らにいる関口に目を向けるが、関口は表情一つ変えることなく、ずっと畳の目を睨んで座ったままだ。

「斗輝子も、連れて行くつもりでおりましたが、残念です」

総八郎の視線が斗輝子へと向けられた。

「斗輝子、幾つになった」

「十六になります」

「そうか、ならば斗輝子が名代を務めればいい」

「は」

斗輝子と栄一郎は思わず声を揃えて問い返す。

「栄一郎には別の用事を頼むつもりだから、黒塚伯爵の元に行かせるわけにはいかない。が、栄一郎の言うように、誰も行かねばあの伯爵のことだから、へそを曲げかねない。それならば斗輝子が行けばいい。十六ともなれば、既に嫁いでいてもおかしくない年頃だ。大人と言っていい」

兄妹は暫く顔を見合わせた。栄一郎はぐっと祖父に膝を近づける。

「しかしお祖父様。相手はあの黒塚伯爵です。あの方はその……お祖父様と違い、旧来の考えの強いお方。女にしかも年若い娘を名代などと、お怒りになられるのではないでしょうか」

「さようなことを言うならば、放っておけばいい。こちらは義理を果たしたことにはなろう」

「しかし、斗輝子一人というわけには……仮にも夜会ともなれば、女は飽くまでも男の同伴です」

「ならば、先ほどの書生でいいだろう」

「いやですわ」

斗輝子が腰を浮かさんばかりに声を張り上げた。総八郎は面白そうに問いかける。

「それはまた何故」

斗輝子は言葉を探し、身を乗り出す。

「あの書生に、夜会での立居振舞などできるはずもないでしょう」

「何、きちんと学んでいるようだよ。心配はない」

斗輝子が更に言葉を接ごうとすると、

「お待ち下さい」

と、今度は栄一郎が、声を上げる。

「書生など……彼とてたかが十九、二十の若者でしょう。千武の名代として、長男の私でもなく、書生を寄越すとなると……」

「気にするな」

総八郎は一刀両断で二人の話を遮ると、

「決まりだ」

と、話を纏めた。栄一郎は唇を嚙みしめる。が、すぐに威儀を正して、祖父に聞こえよがしなため息をついた。

「随分と目をかけていらっしゃるのですね。あの影森怜司という青年に。一体、どういった出自なのです」

栄一郎が問うと、総八郎は再び関口に目をやる。関口はすっと膝を進め、書類を栄一郎に手渡した。

「庄屋の子……ですか」

そこには、怜司が埼玉の庄屋の子であることが記されていた。他の経歴もこれまでにも何人もいた書生とさほどの違いはなかった。

斗輝子も兄から書類を受けとり目を通す。

「このあたりは、お祖父様がお持ちの製糸工場の傍なのではありませんか」

斗輝子が言うと、総八郎は頷いた。

「製糸工場の立地のために何度かあの辺りに赴いていてね。優秀な子どもがいるというので、幼少の折から面倒を見てきた。一高に入学して上京し、昨年から下宿で暮らしていたのだが、この度、こちらに招いたのだ」

栄一郎は再び斗輝子から書類を受け取ると、それを関口へと返した。

「しかし、官僚にするでも医者にするでもなく、法律家でもない。当家にとってどういう役目を負わせるつもりですか」

これまで、千武家が面倒を見てきた書生たちは、それぞれの官庁で重要な役職に就き、千武家を支えてきた。だからこそ、書生に投資を行っていたのだ。

「あれは当家で働かせるつもりだ。いずれはお前の片腕にしようと思う」

栄一郎は思わず目を瞠《みは》る。

「それはまた……」

栄一郎は事の次第を更に問いたかったが、総八郎はそれ以上語ることを拒むように口を開く。

「斗輝子、明日は頼んだ。怜司君と二人で行ってくるといい。下がりなさい」

口調は穏やかだが、有無を言わせぬ強さがある。

栄一郎と斗輝子が部屋を出ると、すぐさま関口が襖を閉めた。

「お兄様。私、名代などと……」

「斗輝子なら心配ないよ。大丈夫」

そう答えながらも栄一郎は怪訝そうに首を傾げる。

「それにしても今、伯爵の夜会に不義理をして、お祖父様はこれからの大陸での事業をどうなさるおつもりなのだろう……」

斗輝子は兄の顔を見上げる。

「やはり、大切な夜会なのでしょう。私などで大丈夫なのでしょうか」

「ああ、大丈夫だよ。お祖父様には、お祖父様のお考えがあるのだろう」

不安げな妹を宥《なだ》めるように肩を叩く。

「それにしても、あの書生の彼を、随分と買っているようだね」

「何故、私があんな無礼で垢抜けない田舎者を連れて行かなければならないのです」

これまでにも、書生たちを社会勉強だと称して夜会に連れて行くことはあった。しかしそれは飽くまでも、総八郎と共にであり、令嬢をエスコートする役目を負う者などいなかった。

「まあ……お祖父様の気まぐれはいつものことではあるが」

栄一郎は唸《うな》るように声を絞る。斗輝子は兄に頷きつつ先ほどの怜司の不遜な態度を思い出し眉を寄せる。

「それにしても、お祖父様に御恩があると言うならばまだしも、借りがあるから返さねばならぬなどと、無礼にも程があります。あんな口を利いてお許しになるなんて、お祖父様らしくもない」

「その辺りが、むしろお祖父様のお気に召しているところかもしれないね。お祖父様のことを殊更恐れすぎているのは、私たちの方かもしれないから」

「あれはただの無礼です。嫌味な書生ですわ」

斗輝子の言葉に栄一郎は苦笑する。

「まあ、明日は彼と一緒に出掛けてもらうことになるのだから、よく観察しておいで」

斗輝子は兄の言葉に深く頷く。無礼の数々を一つ残らず祖父に報せ、青雲荘から追い出してやろうと心に決めていた。

○

カラカラと馬車の車輪が回る。

斗輝子は淡い水色のローブデコルテを纏い、臙脂の天鵞絨張りの椅子に座って車輪の刻むリズムに揺られながら、正面に座る燕尾服の男を凝視していた。

書生の影森怜司は、兄、栄一郎のお下がりだという燕尾服を着て、髪を整え、一端《いっぱし》の紳士の装いをしていた。こうして見ると、手足も長く、鬱陶《うっとう》しい前髪を上げたことで垢抜けて見えた。顔立ちも整っており、さながら好青年といった風情である。

「何か」

怜司に問われて斗輝子は慌てて視線を逸らした。

「化けたものね」

斗輝子が言うと、怜司は馬車の窓に微かに映る自分の姿を確かめて笑みを漏らす。

「本当に、僕も驚きました。なかなか様になるものですね」

自分で言う辺りに品がないと、斗輝子はため息をついた。

「お嬢様もお綺麗ですよ。ひらひらして。まるで……そう、金魚のようだ」

斗輝子は手にした扇を強く握り、怜司を睨み返した。

「これは、お祖父様がお招きになった英国の職人が私のために仕立てたローブデコルテです。これを金魚と言うなんて、貴方の目はやはり、お悪いのではないかしら。ご遠慮なく眼鏡を作られた方がよろしいわよ」

「そのようですね……実は妙な話を聞いたのです」

怜司は殊更に声を潜《ひそ》める。斗輝子は思わず好奇心から身を乗り出した。

「青雲荘にいらっしゃる井上さんという書生が言うには、千武家にはそれはそれは淑やかな深窓の令嬢がいらっしゃるというのです。お名前はトキコさんと言うのですが、残念ながら私には見えないようで……」

斗輝子が怒りに顔を赤くするのを気にせず、怜司はため息をつく。

「僕が会ったことがあるのは、女中と二人で書生をからかって遊ぶお嬢様だけなんですけれど……井上さんのおっしゃるのは何方《どなた》でしょうか」

斗輝子は大きく息を吸いこむと、扇を振り上げて怜司に向かって振り下ろす。しかし怜司はスッとそれを避《よ》け、扇は天鵞絨の椅子を叩いただけだった。

「貴方、夜会で私に恥をかかせたら、承知しないから」

「無論です。僕とて千武の御前からの支援を断たれたくはありませんから。おや……お嬢様、緊張しているんですか」

「何を」

斗輝子はカッと顔を赤くした。

「額に汗を」

斗輝子は慌ててハンカチで額を押さえる。怜司はそれを愉快そうに眺める。

「ご安心下さい。当てになるかは知りませんが、とりあえず、援軍にはなりますから」

「援軍って……。私たちはこれから夜会に行くのよ」

「そんなふうに扇でやっとうをなさるから、てっきり喧嘩でもなさるのかと」

斗輝子は扇を広げ、慌てて顔を煽《あお》いだ。

馬車は軽快に走り続け、三田の坂道を登って行く。そこに黒塚伯爵邸があった。車寄せに馬車が止まると、外側からドアが開かれる。

怜司は先に降り立つと、斗輝子に向かって手を差し伸べた。覚えたばかりのマナーだろうが、その所作には淀みがない。斗輝子は渋々、怜司の手を取って降り立った。

黒塚伯爵邸の車寄せは、唐破風《からはふ》の屋根になっていた。千武邸とは異なり、和館が正面にあり、その奥に洋館が続いているようだった。

斗輝子たちが馬車を降り立った後も、続々と馬車が続く。燕尾服の紳士とドレスの淑女、紋付きの紳士と振袖の令嬢など、入り乱れながら会場となる洋館に続く渡り廊下を歩いて行く。

斗輝子は怜司の腕を取り、その中を歩いていた。通り過ぎる人々に時折、会釈をすると、通り過ぎた途端に声が聞こえる。

「ああ、あれが千武男爵家の」

「そう。成り上がりの孫娘だそうですよ」

「お手爵だという評判で」

「武器で成した財だというじゃありませんか。死の商人というのですよ」

「華族というのも不相応。品位を崩します」

そのざわめきを聞きながら、斗輝子は胸を張る。それを見て怜司はふっと笑みを零《こぼ》した。

「何が可笑《おか》しいの」

「なるほど、深窓の令嬢では名代は務まりませんね。やはり薙刀を振るうご覚悟でなければ」

「何故、貴方がそんなことをご存じなの」

怜司は軽く肩を竦める。

「お勝手の噂です。八重さんはお喋《しやべ》りが楽しくて仕方ないらしい」

「たった一日で女中の噂まで聞きつけるなんて、品のないこと」

「心外ですね。屋敷に早く慣れたかっただけですよ。そのためには誰に話を聞くのが一番早いかと言えば、やはり、使用人の皆さんですよ」

斗輝子は苛立って、怜司の腕を振りほどいて歩き出す。怜司は小走りに追いかけると、ついと腕を差し出した。

「教養ある淑女とやらは、殿方と腕をきちんと組んで、入られるのではありませんか。

あるいは、殿方の三歩後ろを歩かれますか」

斗輝子はきっと怜司を睨みながら渋々と怜司の腕を摑もうとしたその時、背後から、

「斗輝子様かな」

と、声をかけられた。

振り返ると口髭を生やした六十半ばほどの紋付きを着た男が立っていた。豊かな髪を撫でつけ、傍らには芸者と思《おぼ》しき美女を連れていた。

「三輪《みわ》男爵」

斗輝子は形式通りに膝を曲げて挨拶をする。

三輪連次郎《れんじろう》は、千武総八郎と共に商人として現政府に力を貸した功を認められ、爵位を得た勲功華族と言われている。千武総八郎同様、公家や武家からはとかく風当りが強いが、共に切磋琢磨して、現在の経済を支えていた。

三輪は辺りを見回す。

「栄一郎君は、どちらかな」

三輪の問いに、斗輝子は首を横に振る。

「兄は今日、急な用で参りません」

三輪は大きく目を見開いた。

「来ない……。それはどういうことかな」

「どういう……とおっしゃいますと」

斗輝子が物問いたげに三輪に詰め寄ると、三輪は誤魔化すような笑みを浮かべた。

「いやいや……しかし斗輝子お嬢様、なかなか素晴らしいお召し物ですな。さすがは今をときめく千武家。先日、お会いした栄一郎君も、何でもセヴィルロウのテイラーで仕立てたという背広を着ていたが……兄妹共に洋装が似合うとは羨ましい。私なぞほれ、この通り。布袋《ほてい》のごとく太ってしまって、燕尾服とは参りませんな」

三輪は大きく突き出た腹を叩いて、わははは、と声高に笑う。

「では、後程」

三輪はホールの人ごみの中に紛れて行く。

「あれが、三輪男爵ですか」

怜司がその背を見送りながら問いかける。

「貴方、三輪男爵をご存じなの」

「ええ、三輪男爵と千武男爵は今、大陸での建設事業の入札で争っていると、関口さんから教えていただきました」

「関口もなぜ、そんなことまで貴方に話すのかしら」

「後で夜会の仔細《しさい》をご報告するようにと、言い付かっているのです。伯爵はその事業に口出しできるお立場だそうでお嬢様も大役ですね」

斗輝子は、はあ、と嘆息をする。

「分かっているわよ……」

「尤も、御前は伯爵の機嫌を損ねたところで構わないとおっしゃっていましたが」

その時、ふと会場の入口辺りがざわ、とざわめいた。そちらに目をやると、黒の袷《あ》せた燕尾服を着た痩せた男が一人、入ってきたところだった。傍らには、少し時代遅れのバッスルスタイルの薄紅の夜会服を着た少女を連れていた。

「八苑子爵だ」

誰かの囁《ささや》く声がした。

「何だ、あの古びた燕尾服は」

「困窮しておいでだという噂は本当だったのね」

「それにしても、ひどい窶《やつ》れようだ」

「折角、妹を黒塚伯爵に売ったというのに、何のご利益もなかったらしいね」

「あんなふうになってまで夜会に来るなんて、恥ずかしい男だ」

クスクス……という忍び笑いが漏れてくる。

八苑子爵はその衆目を逃れるように足早に会場を横切っていく。しかし、行く先々で彼が通るところには人垣が割れていく。

「確か、黒塚伯爵夫人は、あの八苑子爵の妹だとうかがっているけれど……」

「少なくとも、今日の主役の義兄の姿とは言い難いご様子ですね」

ぼんやりと八苑子爵の背中を見送っていた斗輝子の肩を、怜司が軽く叩く。

「そんなことより、伯爵にご挨拶しなければならないのでは」

斗輝子ははたと気付き、怜司を見上げる。

「分かっているわよ。今、参ります」

斗輝子は一つ大きく息をつくと、覚悟を決めたように絹のサテンの裾を翻し、ホールの奥へ進んだ。

ホールの最奥にある天鵞絨張りの大きな椅子に白い頭髪を短く刈り揃え、髭を蓄えた老人が座っている。紋付きを着て微動だにしないその姿は威風堂々として、さながら玉座に座る王のようにも見えた。その前には、一言挨拶をしようと、長蛇の列ができていた。

黒塚の傍らには、家令と思しき三十後半ほどの長身の男が控えていた。燕尾服を着たその男は、客人から差し出された名刺を受け取り、黒塚に耳打ちを繰り返す。その反対側には、臙脂のローブデコルテを着た女が一人、控えていた。年の頃は二十代半ばほど。その赤い口紅と立居振舞から、一目で玄人と分かる風情の女である。黒塚は時折その女に目配せをし、サイドテーブルにあるグラスに酒を注がせていた。

斗輝子はその列をゆっくりと進む。そして愈々《いよいよ》、順番がまわってきた。

「お誕生日おめでとうございます、伯爵」

斗輝子が挨拶をすると、黒塚は怪訝な顔をして、傍らの家令に問いかけるように目線を向けた。

「千武家のご令嬢、斗輝子様でございます」

家令の言葉を聞き、黒塚は眉をひそめる。

「千武は来ないのか」

斗輝子は緊張で手のひらに汗をかくのを感じた。

「はい……祖父は本日、参りません。私が千武の名代でございます」

黒塚は、ふん、と鼻でせせら笑った。

「女子供を寄越すとは、軽んじられたものだ。千武家はこの私を何だと思っているのやら」

その声は低く、静かだったが、怒りが渦巻いているのを感じるに十分だった。斗輝子はまるで自分を相手にしようとしない黒塚の前で何も言えず再び礼をすると、そっと踵を返した。

「待て」

不意の声に斗輝子が振り向いた。これまで微動だにしなかった黒塚が、驚いたような様子で腰を上げていた。斗輝子は傍らの怜司と顔を見合わせる。だが、黒塚はすぐに再び腰を下ろした。

「いや……下がれ」

黒塚はそれ以上何も言わず、ただ、蚊でも追い払うかのような手つきで斗輝子を下がらせた。斗輝子は改めて礼をして、そのまま椅子から遠ざかった。

「お嬢様、お手を」

怜司の声に、斗輝子は自らの手を見る。固く拳を握りしめていたことに気付いた。

「ああ……道理で手が痛いはずだわ」

そっと手を開くと手袋の手のひらに、しっかりと爪の痕が残っていた。

「うっかりお嬢様が扇を振り上げたら、止める覚悟でおりましたが」

怜司にからかわれ、斗輝子はふと緊張がとけた。

「貴方みたいな田舎者でも、やはりいないよりはいくらかましだわ」

「それは何より」

斗輝子は人垣をかき分けながらホールからテラスへと出た。テラスにもいくつかのテーブルが設《しつら》えられており、斗輝子はその一つの椅子に座り込む。怜司は傍らに座り、辺りを見回す。会場内には、腕利きの料理人が手掛けたであろう洋食、和食があちらこちらに配されており、芳しい香りがしていた。

「さて、折角並べられた食べ物に手をつけないのは勿体ない。取ってきますね」

怜司は立ち上がり、料理の置かれたテーブルに向かった。斗輝子は怜司の背を座ったままで見送った。

いつもの夜会ならば、祖父や父、兄に連れられており、彼らの社交の傍らで微笑んでいればよかった。それだけで、

「自慢の令嬢」

「美しいお嬢様」

と誉めそやされる。だからこそ夜会は大好きなのだ。

しかし、こんなふうに名代などと大層な名目でやって来たとしても、声をかけてくる者はほとんどいない。確かに、これほど大きく華やかな席にあっては、人目を引くほどの美貌でもない斗輝子は放っておかれるのも仕方ない。片や、昨今、売出し中だという舞台女優の一人は、先ほどから人垣ができるほどに殿方に囲まれていた。それを遠くに眺めながら、斗輝子は夜会の退屈を持て余していた。

それに気負って挨拶に行った黒塚伯爵は、まるで斗輝子を見ていなかった。

「千武が小娘を寄越した」

という事実を確かめただけで、気分を害し、侮辱とさえ受け取ったように見えた。そのことが予見できない祖父ではないだろうに、何故、今日、自分は名代として寄越されたのか。

「どうぞ」

斗輝子の目の前に、ドンと山盛りに食べ物を盛った皿が置かれた。驚いて見上げると、怜司は満足そうに笑う。

「居合わせた方に聞いたら、どれだけ取っても構わないそうじゃありませんか。この際ですから、美味《おい》しくいただこうと思いまして」

そう言うが早いか、さっさとテーブルにつき、怜司は思いのほか慣れた手つきでナイフを使い、チキンの丸焼きを切り分けて、口へ運んだ。

「よく食べるのね」

「何せ、卑しい性質《たち》ですから」

自嘲するように笑いながら食べる手を止めない。

「そうね、食べるくらいはしないと、つまらないわ」

辺りでは社交に興じる人々があちこちで挨拶をしていたが、斗輝子も食べるのに専念することにした。

「このローストビーフは美味しいわね」

「あ、これは牛ですか。牛鍋は食べましたが、そんなしゃれた西洋料理は食べつけませんね」

周囲を気にする様子もなく食べる怜司を見て、斗輝子は笑った。

「貴方、大したものね」

斗輝子に言われて怜司は顔を上げる。

「そうですか」

「あの黒塚伯爵は、維新の立役者と言われる政府の重鎮よ。それを目の前にして私でさえ、手に汗をかいて草臥《くたび》れるほど緊張したのに、貴方、平気なんですもの」

「実感がないので」

「どういうこと」

怜司は口の中のものをぐっと飲み込んだ。

「黒塚伯爵のことは、片田舎でももちろん伝え聞いたことがあります。けれど、目の前にいる人がそうだと言われても、芝居でも見ているようで、緊張しません」

斗輝子は、なるほどね、と相槌を打ちながら、ふと思い出して眉を寄せた。

「伯爵が慌てて立ち上がられたけれど、貴方のことを見て驚いたのかしら」

「何か、変なものでもついていますかね」

至極真面目な調子で問うので、斗輝子は却《かえ》っておかしくなった。

「いえ、違うわよね。いいの」

斗輝子はふとホールを見回した。天井のシャンデリアは、三年前にフランスから黒塚伯爵自らが依頼して作らせて取り寄せたのだと、どこぞの夫人が声高に喋っているのが聞こえる。

煌《きら》びやかな女性のドレスはいずれも一級品、その宝石だけを集めても、国家予算の何割かになるのではないかと思われた。楽団を配し、先ほどから円舞曲が流れている。何組かは踊りもするが、ほとんどの人が踊ることはなく、社交に力を注いでいた。

喧騒を余所《よそ》に、斗輝子にとって話し相手は目の前の書生しかいない。

二人そろって無力な子どもなのだと思い知らされる。

「それにしても、どうして貴方のような無礼な書生をお祖父様は贔屓《ひいき》なさるのかしら」

どうせなら名家の令息でも一緒ならもう少し夜会を楽しめたものをと、祖父をうらめしく思う。

「まあ、賢かったからではありませんか」

怜司はさも当たり前のように頷く。

「そもそも貴方の素性を知りたいわ。貴方は庄屋のお生まれだと聞いているけれど」

「身上を調べておいでで」

「当然でしょう。貴方の恥はその書生を見込んだ千武の恥にもなるのです。貴方が何者なのか知っておくのは、私の義務です」

「何と申しますか……庄屋は育ての親なのです。これは御前もご存じなのですが」

「では、ご両親は」

「母は僕が十になるかならぬかのうちに亡くなりました。綺麗な人でしたよ」

「まあ……では、お父様は」

「あまり記憶にありません」

「亡くなられて……」

「いえ、生きているようですよ。ただ、望ましからざる間柄だったのでしょうね。駆け落ちとでも申しますか……」

「まあ……」

さながら芝居の一幕のようなその話に、斗輝子は再び息を呑む。怜司は淡々とした様子を崩さない。

「東京に出て来た理由の一つは、父を捜すためでもあります」

「お父様は、東京の方なのかしら」

「存じません。しかし、恐らくは東京の辺りにいるのでしょう」

余計なことを聞いてしまった……と、斗輝子は気まずい思いをした。

「まあ、庄屋の親は僕に大層よくしてくれました。御前にも面倒を見ていただき、何不自由なく育ってきましたから、お嬢様がそんな顔をなさることはないのです」

「どんな顔です」

「可哀想に……という顔ですよ」

「そんな情けない顔は致しませんよ」

怜司は口元を緩める。

「ま、僕のことより、夜会のご様子を若様や御前にお伝えするためにも、周りに気を配られた方がよろしいのでは」

「言われなくても分かっているわ」

斗輝子は怜司から顔を逸らし、辺りを見回す。女たちはただ着飾って時折、互いの服装を誉めあっているだけで、大声で聞こえるのは男たちの政治と経済の話ばかり。

昨今、日清、日露と立て続いた戦争からこちら、大陸への事業の進出が盛んになっている。中でも満州を走る鉄道の経営については、国も力を入れていた。千武家でもその事業への出資をしているが、上手く参入できていない。

その一因が、黒塚伯爵にあるという。

「千武男爵は、従前から黒塚伯爵から毛嫌いされておいでだ。今でも軍部や政治執行部に顔が利く伯爵は今回の満鉄の件に千武が絡むのをよく思わず、口出ししているらしい」

「伯爵は、あの通り居丈高《いたけだか》な御仁だ。軍部も政府もいい加減に煙たく思っているというのも事実だ」

「さて……これからどうなることやら。三輪男爵は出資を決めたというがね」

「それはそうだろう。三輪卿は維新前からの糟糠《そうこう》の妻を捨て、伯爵の従妹《いとこ》とやらを娶って媚《こ》び諂《へつら》ってきたのだから」

「千武とて、その辺は抜かりないだろう。あの守銭奴の成金が黙って見送るものか」

斗輝子たちがいることに気付かず、財界人と思しき男たちが言葉を交わす。くくく、と笑いを潜めつつ、二人の男たちは去っていく。

「何とも無礼な人たちだこと」

斗輝子は去っていく男たちの背を見ながら毒づいた。

「やはり、援軍が必要でしたね」

怜司の言葉に斗輝子が首を傾げると、怜司は微笑む。

「戦争しているじゃありませんか。伯爵とも、客人たちとも。拳を握る理由はあったということです」

指された斗輝子の手は、再び強く拳を握っていた。斗輝子は慌ててそれを解《ほど》いて、手をほぐすように擦り合わせてから、ふうっとため息をつく。

「それにしても、こうしているとまるで私は見えていないみたいね。幽霊のようだわ。お祖父様やお父様、お兄様がいない私には、誰も用などないのね」

「おや、そうでもないようですよ」

怜司は斗輝子に目配せをする。怜司が示す先を見ると、一人の少女が斗輝子に向かって歩み寄る。

「あの……」

恐る恐ると言った様子で声をかけられた。薄紅のドレスを着た、目の大きな黒髪の美しい少女である。ドレスは古めかしいバッスルスタイルであるが、少女にはよく似合っていた。

「千武斗輝子様でいらっしゃいますね。私、八苑道子《みちこ》と申します。同じ女学校で」

「まあ……」

先ほど、ホールの入口で見かけた八苑子爵と共にいた少女であることに気付き、斗輝子が挨拶を交わそうと立ち上がった。

その時、庭の方から甲高い女性の叫び声があがった。

「何」

斗輝子は声の方を見る。同様に様子を見に来た人がテラスに殺到する。

回遊式の庭に夜会にそぐわない着物姿の男が一人、抜き身の刀を持って立っていた。髪を振り乱し、肩をいからせている。庭で花を愛《め》でていた来客たちが、一斉にテラスに向かって逃げてくる。

浪人風の男は、しばらくその場で仁王立ちになっていた。そして、刀を高く掲げると、雄叫びを上げ、勢いをつけて、ホールに向かって走り込んで来た。

「思い知れ、逆賊黒塚」

左右に刀を振り回す。人々は慌てふためき、男の周りで人垣が割れた。

斗輝子は割れた人垣の先に、黒塚伯爵の姿を認めた。伯爵は目を爛々《らんらん》と光らせ、庭に立つ男の姿を睨んでいる。

斗輝子がいるテーブルは、丁度、浪人風の男と伯爵の間にあった。

「お嬢様、こちらへ」

怜司が斗輝子の腕を掴み、テーブルから遠ざけた。だが、八苑道子は腰が抜けたようにその場に座り込んでしまった。

「待って」

斗輝子は怜司の腕を払い、道子の腕を掴む。

「早く、立って、逃げましょう」

道子は震えたまま立ち上がらず、何度、腕を引いても一歩も動くことができなかった。

「おおおお」

唸り声が響き、伯爵だけに焦点を合わせた男が闇雲に刀を振るいながら、走り込んでくるのが見えた。

斗輝子は道子を抱え込み、ぐっと身を小さくした。

その時、ふと視界が暗くなった。目の前に燕尾服の背中が見え、次に、頭上から食器がけたたましく割れる音が響いた。

怜司がテーブルクロスを引き抜き、それを走ってくる浪人に向かって投げつけたのだ。浪人は不意に被《かぶ》せられた布によって行く手を阻まれ、刀を持ったままでその場にどうと倒れた。

怜司は倒れた浪人に馬乗りになり、刀を握る右手をぐっと押さえる。

「何方《どなた》か、捕縛を」

怜司の声がホールに響いた。

声に弾かれるように、辺りにいた男たちが同じように浪人に伸《の》し掛かる。警備にあたっていた警察官が、ようやく駆けつけた。

斗輝子は道子を抱えたまま茫然とその有様を見つめていた。足元にはワインや食べ物、食器の欠片《かけら》が散らばっていた。

浪人は捕縛され、斗輝子たちの目の前を通って連れて行かれる。それを見送った怜司がこちらに歩いて来た。

「お怪我は」

落ち着いた口調で問われ、斗輝子は自分が息を止めていたことに気付いた。思い切り息を吐き出すと、今度は胸が激しく波打っていることに気付く。怜司に差し出され手を取って立ち上がる。

「大したものね」

斗輝子が冷静を装って誉めるが、怜司は足元を指さして皮肉な笑いを浮かべる。

「ヒールがカタカタ音を立てていらっしゃいますが、怖かったのですか」

「失礼な。あのまま突っ込んで来れば、足を引っ掛けて浪人を転ばせるくらいのことはしてやるつもりでしたよ」

「それは頼もしい」

斗輝子が乱れたドレスの裾を整える間に、怜司は座り込んでいる道子に手を差し出す。道子は一瞬の躊躇《ためら》いの後、手を取った。しかし一度は腰を抜かし、もう一度引き上げられて、ようやく立ち上がる。

「ありがとうございます……」

か細い声で怜司に礼を述べた。

「いえ。ご無事でよかった」

怜司は愛想のよい笑顔で告げる。すると、ホールのどこからともなく拍手が響いた。

「いやあ、素晴らしい捕物劇だったね」

どこかの紳士が声を上げ、その声に便乗するように、辺りに拍手が響いた。瞬《また》く間に怜司は紳士たちに囲まれてしまった。輪からはじき出された斗輝子は、傍らに立つ道子に話しかけた。

「驚かれたでしょう」

ええ、と頷く道子は、まだ微かに震えているように見えた。斗輝子もまだ、胸が早鐘のように打っている。落ち着かせるように、何とか会話を続けた。

「道子様は、八苑……とおっしゃると、八苑子爵のお嬢様」

「はい。本日は父と参りましたの」

父を捜すように辺りを見回したが、すぐ近くにはいないようで、見当たらない。

「伯爵にご挨拶申し上げると申しておりましたが……」

すると、

「道子」

という声がして、ホールの奥から人垣を分けて近づいてくる男がいた。夜会のはじめに入口で見かけた、色褪せて草臥れた燕尾服を着た、八苑子爵である。

「お父様」

道子は斗輝子に会釈をすると、八苑子爵に駆け寄る。

八苑は斗輝子を一瞥すると、愛想の欠片も感じさせない視線で、軽く会釈だけをして、道子を抱えるようにして斗輝子から遠ざけた。斗輝子は子爵の態度に違和感を覚えた。別に礼を述べろとは言わないが、あからさまに避けるような態度を取られる理由はない。斗輝子は不服を言おうと怜司を捜したが、相変わらず紳士たちに囲まれていた。輪に割って入ろうかと思案していると、不意に声が響いた。

「お殿様、お殿様、いかがなさいました」

ホールの中に女の声がこだました。最奥に鎮座ましましていた黒塚伯爵の傍らにいた妾の声である。

「何があった」

「どうしたんだ」

ざわめきがホールの中で波のように広がった。

変わらず椅子に腰かけているが、その険しい顔からは先程までの威厳はない。蒼白で生気が感じられないのだ。賓客たちは伯爵の椅子を遠巻きに囲み、様子を見守る。

傍らに立つ妾が助けを求めるように周囲に首を巡らせる。

「先生」

呼ばれた白髪の老紳士が、

「失礼」

と、進み出た。その医師らしき男は黒塚の手首を摑み、次いで首筋に手をあてがう。

そして伯爵の周りに集まっている群衆を見回すと、首をゆっくりと横に振った。

「亡くなられています」

ざわめきが辺りを覆う。

「ひ」

と、小さな叫びと共に妾が椅子から身を引いた。

先ほどの浪士を捕えて、意気揚々と引き揚げてきた警察官は、様子を見て異変に気付いた。

「何ですか」

警察官は慌てた様子で問いかけた。

「伯爵が亡くなられているのです」

どこからともなく声がして、警察官は黒塚の傍らに駆け寄った。黒塚を囲むように立つ人々をぐるりと見回してから、黒塚の手首をとり、脈を確かめる。

「いったい、何故」

警察官の問いに、みな一様に首を傾げ、あるいは首を振った。

「私共皆、浪士のほうに気をとられておりましたから」

妾が眉を寄せながら首を振る。

その時ようやく人の輪から解放された怜司が、斗輝子に問う。

「どうかしましたか」

「伯爵が、亡くなられた……と」

斗輝子は、ぐったりと項垂《うなだ》れる黒塚の姿が恐ろしくなって、目を逸らす。怜司は、ぐっと首を伸ばして最奥の椅子をじっと見据える。

「胸を押さえておられる」

怜司がぼそりと呟いた。

確かに黒塚の右手は着物に食い込むほどに紋付きの胸元を握りしめている。

「吐いていらっしゃるようでもありますね」

怜司の言葉に目を凝らすと、口元に泡があり、襟元の辺りが光って見えた。

「毒……かもしれませんね」

怜司は何でもないことのように言った。斗輝子は驚いて怜司を振り返る。

「伯爵が、殺されたとでも言うの」

声を潜めて問いかけると、怜司は首を傾げる。

「違うのですか」

「誰に」

斗輝子は思わず声を荒らげる。怜司は腕を組む。

「それを僕に聞かれても困りますが……言うなればここにいる全員が、疑わしいということかもしれませんね」

怜司の声は小さい。だが、重苦しい沈黙が漂うホールに思いのほか大きく響いた。

ざわめきは沈黙を揺らすように広がり、遂に、誰か一人がホールの外へと駆けだした。すると、わっと言う声と共に、来賓が次々と玄関を目指し、ホールのドア口でひしめき合っていた。

夜会の最中、政府の重鎮が人々の眼前で殺された。信じられないことが起こったのだと理解した瞬間、斗輝子は足元から震えが駆け上がってくるのを感じた。

「これはまた……えらいことになりましたね」

傍らで怜司は芝居でも許するように言う。斗輝子は言葉を返すこともできず椅子に座る伯爵の姿を呆然と見つめていた。

二

温かいミルクの湯気を顎に当てながら、斗輝子はカップを握りしめる。だが、それをソーサーに置こうとすると、手が震え、カップはカタカタと音を立てた。

千武《ゆきたけ》家の応接間で、斗輝子と怜司は栄一郎と向き合って座っていた。

「そのような次第で、思いがけず、黒塚伯爵が亡くなられまして……」

怜司が淡々とした口調で事の次第を説明していた。

夜会ともなれば、通常は夜通し行われることもあるというのに、時刻はまだ十一時になるかならぬかといった頃合である。

「斗輝子もさぞかし、驚いただろう」

栄一郎が気遣うように声をかける。

「いえ、大丈夫ですわ」

そう答えながらも、斗輝子は未だに微かな震えが身の内を走るのを感じていた。

浪人が飛び込んだだけでも大変だというのに、まさか伯爵が目の前で死ぬとは思いもしなかった。怜司が落ち着いている方がおかしいと思うほどである。

その時、応接間のドアが開き、女中頭の富が顔を覗かせた。

「若様、恐れ入ります。ただ今、警察の方が……」

富が説明する間もなく、

「失礼」

と、声を上げて、警察の制服を着た男が足を踏み入れた。

「大西武司《おおにしたけし》巡査であります」

大西というその巡査は、武道を嗜んでいるのであろう。首の太い、がっちりとした体格の男である。年は栄一郎とさほど変わらぬように見えた。

栄一郎はソファに座ったままで大西を見上げる。

「警察が一体、当家にどのような御用で」

栄一郎が問うと、大西は口を引き結び、挑《いど》むような目つきで栄一郎を見た。

「何分、職務でございますれば」

大西は、ソファに座っている怜司に向き直る。

「千武家の書生であるこの若者が、一目見ただけであれが毒殺であると述べ、かつ、誰が殺したとしてもおかしくないなどと不穏当なことを呟いたため、捜査に混乱を来した。何故そのようなことを口にしたのか、事の真意を確かめようと思った次第です」

怜司は大西の言葉に、驚いたように目を見開いた。斗輝子は勢いをつけてソファから立ち上がる。

「何を言うかと思えば。当家の書生を疑うのですか。この影森怜司は、貴方方《がた》が侵入を許してしまった浪人を捕え、引き渡した功労者です。殺すつもりがあったというのなら、捕えたりしないでしょう」

「それとて怪しい」

大西は胸を張り、斗輝子を見下ろす。

「あの浪人を捕えることができたのは、そもそもあの浪人を手引きしたのがこの書生であったからではないのか」

「言いがかりも甚《はなは》だしい」

「斗輝子、静かになさい」

栄一郎がそっと窘《たしな》める。

「しかし、お兄様……」

栄一郎は立ち上がり、ゆっくりと大西の前に歩み出る。

「何故、当家をお疑いなのですか」

大西は、栄一郎を前にしても怯《ひる》む様子を見せなかった。

「予《かね》てより、黒塚伯爵と千武男爵の間には蟠《わだかま》りがあると聞いております。とりわけ今は大陸の事業のこともあり、相争っておられたとか。伯爵は今回の夜会を催すに当たり、我ら警察に護衛を依頼された。そして、その打ち合わせに際し、貴家のことをお話しになられた。千武総八郎という男は油断ならないと……」

栄一郎は声を上げて笑った。

「黒塚伯爵ともあろう方が、随分と弱気をおっしゃったものですね。しかも、当家からそちらに参りましたのは、私でも父でも祖父でもなく、この年端もいかぬ妹と書生です。彼らさえも恐れておいでだったと」

「それもかえっておかしな話でしょう。何故、女子供を寄越したのかと……」

「黙りなさい」

穏やかだった栄一郎の口調が一転した。空間に亀裂が入ったかのような緊張感が走る。

「警察が警備をしていた最中で、重鎮である伯爵が殺されたのだとしたら、それはとりもなおさず警察の不祥事でこそあれ、何の証拠もなく当家を疑うのは筋違いも甚だしい」

栄一郎は真っ直ぐに大西を見据える。

「これは、貴方方《がた》、警察の恥なのですよ。帰って反省なさるといい」

大西は反駁《はんばく》しようとして声を呑み込んだ。斗輝子は栄一郎の背後から大西を睨む。

大西もまた、腰のサーベルに手をかけたまま栄一郎と斗輝子、怜司を順に睨んだ。

「もしも罪が明るみに出れば、華族といえども、逃れられぬと覚悟なさるがいい。罪なき証《あかし》を立てねばならぬのは、そちらですよ」

大西はそう言い放ち、踵を返した。栄一郎は大西の背を見送り、再びソファに腰を下ろした。

「お兄様……ありがとうございます」

「あの男の言いようが腹立たしくてね。端《はな》から当家を疑っているじゃないか。それはともかく、先ほどの警官の言いようだと、君が毒殺だと言ったそうだが……」

栄一郎が問うと、怜司は頷いた。

「ええ。口から泡のようなものを吐いておりましたので。何か毒物を飲まれたのではないかと思ったのです。それを呟いたのを聞きつけられたのでしょう」

斗輝子も身をのり出した。

「そもそも、私たちは伯爵のいらしたホールの奥から最も遠い、テラスにいたのですよ。その上、伯爵が亡くなられた時に、この人は狼藉《ろうぜき》者を取り押さえていたのです。それをあのような……」

栄一郎は、斗輝子を宥めるように深く頷いてから怜司に向き直る。

「君は、誰が犯人だと思う」

「僕が浪人を捕えて顔を上げた時、伯爵ははっきりとこちらを睨んでいらした。立ち上がりこそせぬものの、意識もしっかりしていらしたように見受けられました。ですから、その時はまだ生きていた」

怜司はふと辺りを見回す。

「何か、書くものを……」

栄一郎が胸ポケットから手帳とペンを取り出した。怜司はページを一枚切り取り、ペンを手にして、図面を描こうと腕を伸ばした。

「ちょっと貴方、怪我をしていらっしゃるの」

怜司は徐《おもむろ》に手元に目をやった。燕尾服の下のシャツの手元が、赤く染まっていた。

「これはいけない」

怜司は慌てて燕尾服の上着を脱ぐと、それを無造作にソファの背もたれに掛けた。袖口を見ると手首に近いところに、一筋の切り傷があった。

「ああ……捕物の折に刀が掠《かす》った気がしていましたが、斬られていましたか」

怜司はそう言うと、気にする様子もなく続けようとする。

「ちょっと、手当てを」

斗輝子ははたと思い立ったように、ハンカチを取り出して怜司の手首にぐるぐるに巻きつけた。怜司はそれを不思議そうに眺めた。

「何ですかこれは」

「手当てです」

怜司は歪《いび》つに結ばれたハンカチを解く。そして自らの手で器用にきつく結び直す。

「止血とおっしゃるのなら、きっちりなさって下さらないと、お礼の申しようがありません」

そのやりとりを見ていた栄一郎は、しばらく呆気にとられていたが、笑い出した。

「どうかなさいましたか」

怜司の問いかけに、栄一郎は首を横に振る。

「いや……なるほど、君はなかなか上手《うわて》だ」

怜司は何を言われているのか分からぬと言った様子で軽く首を傾げる。栄一郎は笑いをおさめて、怜司に向き直る。

「ああ、続けてくれないか」

怜司は、はい、と紙にペンを走らせる。テラス、浪人、怜司、斗輝子、伯爵の位置がそこに丸印で描きこまれていく。

「浪人を捕えた時に伯爵の傍らにいたのは四人」

伯爵の印の周りに四つの丸を描く。そしてそれぞれに、妾、家令、三輪、八苑と記した。

「右隣に妾。身を挺《てい》して浪人から伯爵を庇《かば》うように立っていたのが家令。三輪男爵はこちらに身を乗り出しており、八苑子爵はやや椅子の陰に隠れるような姿勢で立っておられた」

斗輝子は記されたメモを見て、嘆息する。

「あの僅《わず》かな間に、よくもまあ、細かく見ていたものね」

「まあ……事前に顔と名前が一致していた方ばかりだったのが幸いしました。とはいえ毒はいつ盛られたのか分かりませんから、何とも断言は遅効性のものもありますから、何とも断言はできませんが、僕やお嬢様よりも遥かに近くに立っていらした方がいたということです」

栄一郎はその面々の名前を見て、うん、と唸りながら図面を睨む。

「三輪男爵にとっては、黒塚伯爵は大切な後ろ盾だ。八苑子爵とて、さほど親密ではないとはいえ、妹婿である黒塚の名は頼りにしているだろう。妾は伯爵を殺されれば食いはぐれるし、身を挺して守ろうとした家令が、主を殺すとも思えない……」

栄一郎の言葉に、怜司は静かに頷いた。

「しかし皮肉なことに、死体に変じた伯爵の周りには、誰一人駆け寄りませんでしたよ」

怜司の言葉に、斗輝子もまた頷いた。

「そうでした。みな遠巻きにして。お世話になった方もいたでしょうに、泣くこともなく……何か奇妙だと思っていたのですが、それですね」

斗輝子の言葉に、栄一郎は腕を組んだ。

「重鎮と言えば聞こえはいいが、なかなかの剛腕で知られた方だ。ご家族は夜会にご列席されなかったのかな」

斗輝子は頷く。

「ええ。外務省にお勤めだというご子息は外遊中でおいでにならず、奥方様はこうした夜会には出られないそうです。お母様が以前、黒塚伯爵夫人は婦道の鑑《かがみ》のような方だとおっしゃっていましたが……」

栄一郎は、なるほど、と応じた。

「それで、先ほどの警察は初動捜査ができなかった、などと言いがかりをつけていたが……」

「それは確かに僕が、ここにいる全員が疑わしいと言ったことで混乱がおきたのも事実ではありまして……」

醜聞《しゅうぶん》を嫌うお歴々が集う夜会である。われ先にと屋敷の外へ向かった客人を、警察は止めることができなかった。

「当家はお客様を疑うことなど努々《ゆめゆめ》ありません。どうぞ、落ち着いてお帰りを」

家令の言葉によって少し混乱は落ち着いたが、それでも帰る客人は絶えなかった。

斗輝子と怜司は、自分たちがその瞬間に最も遠くにいたことから疑われることもないだろうと、ゆっくりとホールを後にした。

「まあ、警察の連中にとってみれば、千武家に頭を下げるのは我慢なるまい。警察の面々の中には、武家の出身者が多い。彼らは武士とはいえ身分も低く、黒塚氏などとは立場が違う。しかしながら、古式の思想に則《のっと》って世を見る習いは二代目にあっても変わらない。となると、武家の生まれで商家に頭を下げるのは如何《いかが》なものかと考える輩《やから》がいても仕方ない。先ほどのあの大西氏は、そういう人なのだろう」

栄一郎は半ば諦めたように言った。

「斗輝子も大変な名代になってしまったね。疲れただろうから、休みなさい」

斗輝子は、はい、と答えて立ち上がる。着飾っていたはずのローブデコルテだが、姿勢も崩れ、裾を引きずるように歩き始めて、ふと足を止めた。

「お兄様……」

「ん」

「目の前で、人が殺されるなんて……恐ろしいことでしたわ」

「怖い思いをしたね、忘れてしまうといい」

斗輝子は、部屋を出て行こうとしてソファの背もたれにぶつかり、その拍子に掛けてあった怜司の燕尾服が床に落ちた。

「あら、ごめんなさい」

斗輝子が拾い上げると、ポケットからカランと音を立てて何かが落ちた。怜司が、あ、と小さく声を上げる。

斗輝子はそれを手のひらに載せる。

「帯留め……かしら」

それは、銀細工で水仙の花を象《かたど》った美しい帯留めだった。花芯には瑪瑙《めのう》、葉には小さな真珠が露のようにあしらわれており、一目で高価な品と分かる。

「これ……貴方のかしら」

怜司がそれをやや慌てた様子で斗輝子の手から奪う。

「ええ、僕のです」

「帯留めが貴方のものなの」

「はい。それが何か」

怜司はそれ以上、問うことを拒《こば》むようにやや居丈高に言い切った。暫く無言で睨み合う二人を見かねて栄一郎が間に入る。

「いいだろう、斗輝子。彼のものだと言っているのだから、それ以上、何を問うことがあるんだい」

栄一郎の言葉に斗輝子は、はい、と渋々引いた。

「おやすみなさいませ」

斗輝子が部屋を出た後も、怜司は手のひらに帯留めを握りしめたまま、立ち尽くしていた。しかし、はたと我に返り栄一郎に頭を下げる。

「あの……恐れ入ります」

「何、事の次第を言えぬ品の一つや二つ、私にもあるからね」

「では、僕も失礼を……」

「怜司君……」

栄一郎は怜司を呼び止めた。

「君は、どう思う」

「どう……と、おっしゃいますと」

「誰が犯人か」

栄一郎の問いに、怜司は苦笑する。

「調べないことには何とも……」

「君は確か、毎報社でアルバイトをしていると言っていたね。その辺りから情報を聞き出せないか……調べてみて欲しい」

「僕がですか。しかし、アルバイトといっても、本当に下働きもいいところで……」

「だが、記者とは顔見知りだろう。彼らは巷間の噂のみならず、警察の動向にも鼻が利く。当家に疑いが向けられているのだとしたら、早めに圧力をかけて防がなければならない。祖父が言うには、君にはいずれ、私の片腕として働いてもらうつもりだという。ここで一つ、君の手腕とやらを見せてもらえないかな」

栄一郎の試すような視線の先で、怜司は負けじと見返していたが、やがて口の端を上げて皮肉に笑う。

「分かりました。ただ……もし、千武家が関わっていたらどうなさいますか」

栄一郎は目を見開いた。

「では……君が、殺したとでもいうのか」

「いえ、それはありませんのでご安心を。ただ大西氏の言い分にも一理あるということです。黒塚伯爵が亡くなれば、千武家が得をするのは事実です。そして若様……。何故、御前は若様を今日の夜会に行かせなかったのでしょう」

栄一郎も、そのことは気にかかっていた。何故、夜会の出席を取りやめることになったのか。他の用事があると言われたが、神戸から来た商工会の役員の接待という些事であった。祖父、総八郎はこの夜会で何かが起きる可能性を知っていたのではないか、との疑念が栄一郎の中にもあった。

「少なくとも、手を下したのは、僕でもなければ、斗輝子お嬢様でもない。しかし、僕たちが知らない誰かが、千武家のために動いたとしたら、どうなさいます」

栄一郎は暫く黙っていたが、やがて顔を上げた。

「君が隠匿《いんとく》してくれればいい。千武家を守るために」

怜司は、ほう、と感嘆の声を上げる。

「それが千武流なのですね。承知しました」

怜司が出て行った部屋の中で、栄一郎は一人、再びソファに身体をあずけシガーケースから葉巻を取り出すと、火をつける。煙が天井へと漂い、甘い香りが充満した。

「千武家は望みを叶えるために刺客さえ送る」

栄一郎が幼い頃、しばしば耳にした噂だ。

当時はまだ、維新から間もなく、世も混沌としていた。誰もが切磋琢磨《せっさたくま》して「ビジネス」という概念の中で商戦を繰り広げていた。祖父は無論、その中で泥すら被ったことだろう。

世情は落ち着いているとはいえ今も尚、権謀術数が繰り広げられている。

「隠匿しろ……か」

かつては反発すら覚えた祖父や父のやり方を、跡継ぎとして自分もまた、踏襲していくのだろうか。その言葉を驚きもせずに受け入れたあの書生は、やはり何者だろうかと、疑念が頭を擡《もた》げていた。

○

女学校の教室には、柔らかい日が差し込んでいた。少女たちがさざめきあう声が響いている。

「ごきげんよう」

挨拶を交わして帰途につく生徒たちの中で、斗輝子は荷物を纏めて、廊下に出た。

「千武斗輝子様」

ささやかな声で呼びかけられ、斗輝子は足を止めて振り返る。

丁寧に結い上げた髪に、萌黄《もえぎ》のリボンを結んだ少女が一人、荷を両手で抱きしめるように抱えて立っていた。黒目がちの大きな瞳で斗輝子を見つめる。

「先日は、ありがとうございました」

斗輝子は記憶を手繰るが、誰か分からない。

「あの……八苑道子でございます」

「ああ」

斗輝子は得心して声を上げた。

黒塚伯爵邸の夜会の折には、夜会服を纏い、西洋風に着飾っていたが、女学生らしい海老茶袴の装いでは、まるで別人に見えた。

「私は以前から、斗輝子様のことを存じ上げていましたの。夜会でお見かけしてご挨拶をと思ったのですが、あんなことになって……」

道子は項垂れて、手にしていた荷物を更に力強く抱きしめる。

「その後、いかがお過ごしでしたの」

斗輝子が問いかけると、道子は、

「お蔭さまで、恙《つつが》なく……」

と言って、口ごもる。

「少し、お時間よろしいかしら」

道子に誘われるまま、斗輝子は庭へ出た。広い芝生の庭には、枳殻《からたち》の木が青々と茂る。傍らに設えられた椅子に並んで座った。話があると言いながら、道子はなかなか口を開こうとしない。斗輝子は沈黙に耐えかねて、道子の横顔を窺う。

「色々と、お忙しいのではありませんか。黒塚伯爵は、貴女にとっても叔父《おじ》様に当たられるのでしょう」

道子は、静かにため息をついた。

「父は、叔父とは疎遠だったものですから、特に、当家が忙しいことは何も……」

「疎遠でいらしたの」

「ええ。実は私も先日の夜会で、伯爵には初めてお会いしたんです」

斗輝子はやや驚いた。母、伊都は武家である長窪家から嫁いだが、時折、里帰りをすることもある。長窪家の当主である叔父や、その子らである従兄弟《いとこ》たちとは、斗輝子も幼い頃から行き来があった。

八苑子爵と黒塚伯爵は、義兄弟の関係にありながら、全く交友を断っていたということらしい。子爵の古びた燕尾服はそのためであったかと得心がいった。

「父も、あの夜会から疲れてしまったのでしょう。寝付いておりまして……」

「ご病気でもなさって」

「少し前から、お医者様にかかっていたのを存じておりましたが、急に……」

「それはお気の毒に」

唯一頼れるかもしれない親族を亡くし、失意の中にいるのかもしれない。

「あの……斗輝子様に一つ、お願いがございますの」

「何かしら」

斗輝子が首を傾げると、道子は意を決したように息を吸う。

「お礼をさせていただきたいのです。お礼を……斗輝子様と、お連れの方に」

「連れ……」

連れと言われて、咄嗟《とっさ》に誰のことだか思い浮かばなかった。

「ああ、うちの書生ですね」

「書生さん、お名前は何とおっしゃるのでしょう」

「影森怜司と言います」

「影森怜司様」

道子は表情を明るくして、うっとりとした口調で怜司の名をつぶやいた。

「近く、ご招待させていただきたいので、ぜひ、怜司様とご一緒にいらしてくださ
い」

一気に言うと道子は一つ頭を下げて、くるりと斗輝子に背を向けた。走り去るその
背を見送りながら、ふう、とため息をついた。

「あの書生が気に入ったのかしら」

底意地の悪い無礼者であるとも知らず夜会で助けられたことで勘違いをしていると
したら、気の毒なことだと思った。

「縁の薄い叔父の死よりも、乙女心が勝るということかしら」

斗輝子はそう呟くと、校門へと向かった。

校門の外には人力車がずらりと並んでいた。昨今では、電車も通り始めており、電
車通学をする女学生も増えている。しかし近くの女学生たちは人力車で来る者も多い。

それぞれの令嬢が自分の家の俥に乗ると、一斉に走り出す。斗輝子も電車で通学する

こともあったが、その日は朝から寄り道を画策していたので、人力車を呼んでいた。

「真っ直ぐ、お屋敷でよろしいですか」

車夫の源三《げんぞう》が声をかける。斗輝子は首を横に振り身を乗り出した。

「末広《すえひろ》商店に寄りたいわ。銀座へやって頂戴」

源三は、へえ、と短く返事をすると、勢いよく俥を引いて走り始めた。

斗輝子は女学校の帰りにこうして街へ出かけることを楽しみにしていた。末広商店は昨今の流行のものを取り揃えた洋品店で、他の女学生たちもよく立ち寄る店でもある。

銀座の煉瓦《れんが》通りをしばらく走った時、斗輝子はふと通りを歩く見覚えのある絣の着物を見つけた。

「止めて頂戴」

斗輝子の声に、源三は慌てて止まる。踏み台を置く間もなく斗輝子はそのまま俥から飛び降りた。

「お嬢様」

呼び止める源三の声を振り払い、

「待っていて」

と言うと、斗輝子は先ほど見かけた場所まで駆け戻る。そしてその通りを歩いて行く絣の着物に袴姿の背中を見つける。それは怜司の背中だった。

斗輝子は少し間を空けながら後をつけて行く。すると怜司の足が少し早くなり、人ごみの中に紛れていく。斗輝子は必死で追うが、背中は路地を曲がってしまった。斗輝子は走ってその路地に入り込む。

表通りこそ煉瓦造りで洋風に装っているが、裏通りは昔から変わらない長屋が顔を覗かせる。小さな家々が並び、子どもたちが駆けて行く。

斗輝子は見慣れぬ風景の中、しばらく辺りを見回しながら歩いていると、何かに躓いた。見るとそれは酒瓶を片手に座り込んでいる男の脚だった。

「痛いな、こら」

くぐもった声と共に顔を上げた男は斗輝子を暫く見て、ゆっくりと立ち上がる。白目は黄色く濁って見え、焦点が合わない様子だった。服装は古びて草臥れているが、軍服のようだ。

「ごめんなさいませ。まさか、そのようなところに人がいるなんて思いもしなかったものだから」

斗輝子は驚きながらも詫びた。男は皮肉な笑みを浮かべる。

「そうでしょうね、見るからに毛色のいいお嬢さんだ。路地裏で管《くだ》を巻く俺みたいな人種のことなど、一生知らずに生きるんでしょうな」

このような妬《ねた》みにも似た言葉は、これまでに何万回と浴びせられてきた。

「だとしたら、何なのです」

斗輝子は殊更に強気な口調で言い放つと、男は逆上したように目を見開き、間合いを詰めてくる。

「いえいえ、どうとは申しませんよ。貧しさから抜け出すために軍人になり、戦で傷を負いましてね、結局、働くこともままならぬこの憐れな男に、お慈悲の一つもいただきたいものですね」

ゆらゆらと近づく男の呼気からは強く酒が臭い、斗輝子は思わず顔を顰めながらも男を睨む。

「私と貴方は何の縁もございません。お酒を飲んで座り込むくらいなら、働けばよろしいじゃありませんか」

「貴様らのような金持ちが、俺たちから金を巻き上げてのうのうと暮らしている限り、金はこちらに回ってくるものか」

怒鳴り声が響く。斗輝子は退路を探る。しかし見知らぬ路地でどちらへ向かえばいいのか分からずにすぐ傍にあった棒切れの存在を確かめると、そちらへ向かってゆっくりと後じさる。

「貴方がどう考えるかは知りませんが、私は貴方を貧しくさせた覚えはありません。下がりなさい」

「人のことを蹴っておいて、偉そうに」

男がぐっと斗輝子に向かって腕を伸ばしてきた時、斗輝子はすかさず棒切れを摑んだ。が、次の瞬間、建物の間に伸びる細道から伸びた手に腕を掴まれ引きずり込まれた。驚いて見ると、そこには鬱陶しい前髪の間から斗輝子を見下ろす怜司の視線があった。怜司は何も言わず、斗輝子の腕を掴んだまま、細道を急ぐ。

「待て、こら」

呂律《ろれつ》の回らぬ男の叫び声が聞こえたが、怜司は振り返らない。斗輝子は引きずられるままに路地から路地へとすり抜ける。ようやっと雑踏の行きかう煉瓦通りに出たところで、怜司は深いため息をついた。

「何をしていらっしゃるんですか、お嬢様」

「ここを通りかかった時に、貴方を見かけたからよ。こんな繁華街をうろつくなんて、書生らしからぬことだと思わない」

「貴女も」

怜司の返しに斗輝子は眉を寄せる。

「あんな路地に何の用があったの」

斗輝子が問うと、怜司は諦めたように再びため息をつき、口を開いた。

「貴女がつけてきているのに気付いたので、逃げていたのですが……襲われるのを黙って見ているのもいかがかと」

斗輝子は、ふん、と鼻を鳴らす。

「貴方が邪魔をしなければ、私があの酔っ払いを成敗するところでした」

「だから、あの憐れな酔っ払いが貴女に襲われるのを、黙って見ているのもいかがかと」

斗輝子はツンと怜司から顔を背けた。

「何が憐れなものですか。昼日中に働くこともせずにああして路地裏で酒瓶を抱えている暇があるのなら、貧しさは身から出た錆《さび》というものです」

「世の中の理不尽を貴女に説いても仕方ない」

怜司は諦めたように肩で息をすると、斗輝子の背を押した。

「ほら、源三さんが待っていますよ。早々にお帰りなさいませ」

斗輝子は怜司の手を振り払う。

「ならば貴方も帰りなさい」

「そういうわけには参りません。僕は所用があるので」

「何です」

「貴女には関係ないじゃありませんか」

互いに引かずに睨み合っていると、

「おや、影森君」

不意に声をかけてきたのは、長身の男だった。年の頃は二十三、四といったところ。

無精髭を生やし、やや草臥れた背広を着ていた。

「上条《かみじょう》さん」

上条と呼ばれたその男は、怜司を見て、それから斗輝子を見た。

「女学生さんと往来で喧嘩とは、色男だね。そう言えば、君は俺に用があるとか言っていたな。今、社に戻るところだったんだが、もしかして俺の所へ来るつもりだったのか」

上条の言葉に怜司は、しまった、と顔を歪めた。斗輝子は、ずいと上条に一歩詰め寄る。

「失礼ですが、貴方は何方かしら」

斗輝子の居丈高な問いかけに、上条は瞬時、呆気にとられたようだったが、わざとらしく姿勢を正す。

「自分は、毎報社の記者で上条一真《かずま》と申します。かく言う貴女は、千武家のご令嬢ですね」

「私をご存じなの」

「まあ、千武家は何かと話題が多いのでね。先日の黒塚伯爵邸の夜会にもいらしていたでしょう。俺も招待状を頂戴していたもので」

夜会は富の象徴であり、広告でもある。いかに豪華な夜会であったかを一般に広く知らしめるため、新聞記者たちも夜会にはしばしば招かれていた。

「ならば、黒塚伯爵が亡くなられたところもご覧になられて」

上条は、ええ、と頷き声を潜める。

「ただ残念ながら、黒塚伯爵の突然死については、お上《かみ》から書くことを禁じられていましてね。尤も、既にある程度、巷間の噂にはなっておりますが……」

斗輝子は、ふうん、と頷きながら怜司の傍らに寄る。

「貴方、この方に何かお話をうかがおうとしていたのでしょう」

怜司は、無言でやりすごそうとする。その瞬間、ゴゴゴゴという音が響いた。斗輝子は驚いて辺りを見回すと、上条は笑いながら、手のひらで腹を摩《さす》る。

「ああ、すみません。腹の虫が煩《うるさ》くて。何せ、朝から何も食べていないんですよ」

「あらそうでしたの」

「いやあ……あの浪人の正体、実は警察から聞いたんですけどねえ……。何せ、思い出そうにも、腹が空っぽというのでは致し方ない」

斗輝子が首を傾げると、傍らにいる怜司がため息交じりにささやく。

「つまり、上条さんは昼飯をご馳走《ちそう》すれば情報をくれると言っているんです」

「それならそうおっしゃいませ。近くに知っているお店がありますから」

斗輝子は二人に先立って、歩き始める。

「お嬢様、お帰りになられたら」

「お金のない貴方一人では、こうはいかなかったでしょう。私と一緒で良かったわね」

通りで待つ源三に声をかけてから、千武家の行きつけである洋食店へ入った。

「千武様のお嬢様」

入るなり店員が笑顔で斗輝子を出迎える。しかし連れの上条と怜司を見て、怪訝そうな顔になる。

「知り合いの方に、ご馳走して差し上げるお約束なの」

三人はテーブルにつくと、上条はメニューを眺めて満足そうに微笑んだ。

「それじゃあ、ライスカレーをいただこうかな」

「僕は珈琲《コーヒー》を」

「では、私はミルクを」

斗輝子がオーダーし、ほどなくして三つが運ばれてきた。

斗輝子がミルクをゆっくりと飲んでいる。あらかたカレーを食べ終わったところで、上条は顔を上げて斗輝子と怜司を見比べる。

「君が千武男爵家の書生になったという噂は本当だったのか」

怜司は、はあ、と頷いた。

「じゃああれか、あの時、浪人者を捕えた小粋な青年貴族風の燕尾服の男は君か」

上条は驚いたように声を上げ、その声に店の客が一斉にこちらを向いた。

「上条さん、声が大きい」

怜司が静かに窘める。上条は、おっと、と慌てて口元を手で覆う。斗輝子はミルクのカップを置いた。

「まあ、小粋な青年貴族かどうかはともかく、確かにあの浪人を捕えたのはこの影森怜司でしたわ」

「いやあ、見違えるほど男前だったね。それに、あんなに身軽に捕物をするとは知らなかった。しかしおかげで面白い記事が書けて、売れたよ」

上条はナフキンで口元をぬぐうと、傍らにあった鞄からやや草臥れた新聞紙を取り出す。ガサガサと広げて見せると、その記事を指さした。

「何ですかこれは」

斗輝子は声を張り上げて思わず立ち上がり、また、周囲の客からの視線を浴びる。怜司に腕を引かれて、斗輝子は力が抜けたようにストンと椅子に腰を落とした。

そこには「華族令嬢ご活躍」という見出しが躍っていた。

黒塚伯爵の死そのものには一切触れていないが、某貴族屋敷で催された夜会に、不《ふ》逞《てい》浪士が殴り込み。あわや大惨事という時に、一人の果敢なる令嬢が、その前に飛び出し、事なきを得たと書かれている。

「これではまるで、私が腕っぷしで捕えたようではありませんか」

「おや、そうですか。ほら、よく読めば、謎《なぞ》の青年貴族によって取り押さえられたと、本文には書いてありますよ。ただ、やはり見出しはお嬢様がご活躍の方が人は面白いでしょう」

「面白ければ嘘でもいいのかしら」

「いいんですよ、嘘で結構。面白いのが上等。そこに醜聞でもあれば更に売れますよ」

斗輝子は眉を寄せる。

「醜聞はそんなに楽しいかしら」

「ええ」

上条は悪びれもせずに言い放つ。

「貴族などというものは、現政府のご都合で生じた特権階級です。無論、当初は現政府を作った功労者たちに与えられた名誉だったのでしょうが、二代目、三代目と代を重ねるごとに、その有難味などなくなる。お嬢様のように、何の功績もない方までが、特権を得て、豊かに暮らしている。それを妬む平民たちは、大勢おりますからね」

揶揄いとも本音ともつかぬ上条の言葉に斗輝子は不快げに眉を寄せる。

「随分なご意見ですこと」

「ええ、お嬢様がどうお考えかは知りませんがね。私なんかからすればね、世の中の大半は、妬み嫉《そね》みでできているもんです。それを満足させてやることは、幾許《いくばく》か、人を幸せにするんですよ」

斗輝子はため息をついた。

「さもしい幸せですこと」

「さもしくて結構ですよ」

上条と斗輝子は互いに挑むように睨み合っていたが、やがて斗輝子の方がふうっと一つ息をついた。

「ここで貴方を相手に口論しても仕方ないわ。そんなことより、あの浪人者について、警察は何と言っているんです」

上条も気をとり直して一つ咳払いをする。

「まあ、警察が記者に何でも話すというわけではありませんがね。酒を飲ませて吐かせられる人間から聞いた話では、あの浪人、四十になるそうです」

騒ぎを起こしたあの浪人は、庄内の産まれ。実家は幕末に幕府軍に加わり、最後まで付き従った武士の家であったという。二十年ほど前に東京に出て来たものの職にあぶれて食い詰めていた。元々、血の気の多い性質ということもあり、喧嘩で負った古傷が原因で徴兵にも不適格。

「そうなってくると、世の中全部が恨めしいって思うのも無理はないでしょう」

上条の問いかけに、斗輝子はふと、先ほど路地で絡まれた軍服姿の男を思い出す。

「だからと言って、誰彼構わず恨み言を言われても困ります」

上条は、ええ、と頷く。

「だからちゃんと相手は選んでいますよ。あの浪人がマシなのは、通りすがりの女子どもを襲うのではなく、より強いもの……政府を狙うと決めていたってところですかね」

元より旧幕への思い入れが強いこともあり、反政府活動をしている連中とつるむようになった。しかし、世情が安定してくると、活動組織の連中も一人減り、二人減り、いつしか消えてしまった。お上に対して不服はあるが、一人でできることなどない。あとは華々しく散るしかないと思いつめていたその時に、男の元に一通の封書が届いた。

曰く、黒塚隆良は維新以後、不正を働き、私腹を肥やし、立場弱きものを蔑《ないがし》ろにしてきた不届き者である。かくして天誅《てんちゅう》を下さねばならない。よって貴殿にご助力を願いたい……と書かれていたという。その上、そこには黒塚伯爵生誕祝賀の夜会の日時と、伯爵邸の見取り図、開いている裏門の位置などが記されていたという。

「更にその中には、ついでのごとく三十円が入っていたと」

「三十円」

怜司は驚いたように声を上げる一方、斗輝子は黙って首を傾げる。上条は斗輝子に説く。

「お嬢様には実感ないでしょうが、私たち新聞記者の年棒が千円になるかならぬかというご時世に、なかなかな値段なんですよ。それで、あの男は、その金で刀やなんやと取り揃え、吉原で花魁《おいらん》を買ったりしてあの夜会を迎えた」

そして当日、伯爵邸に辿《たど》り着き、宴たけなわの刻限として指定された時に裏門を開けた。他の門には警察もいたようだったが、裏門からホールまでの道すがら、誰にも会うことはなかった。植え込みの中、身を潜めながら歩き、一息に飛び込んだ。

「因《ちな》みに、敷地内の門扉の鍵は全て、外と内の両方からかけられており、鍵の管理は黒塚家の者以外はできないそうです」

「ならば、黒塚家の誰かが招き入れたと……」

上条はふっと笑いながら、斗輝子を見据える。

「黒塚家の者に限らず、家人の誰かに頼めればいいのです。金を使って頼むとか、脅迫をするとか……しかしそのためには、権力なり財力なりが要る。それが出来るのは誰なのか。そして、伯爵が亡くなることで一番、得をするのは誰なのか。そう考えていると、不思議と一人の人が浮かび上がってくる」

「誰ですの」

上条は人差し指を一本立て、それを真っすぐ斗輝子に向けた。

「千武男爵です」

「お黙りなさい」

斗輝子は立ち上がって声を荒らげる。すると、店内の者が三たび、こちらを注目したが、斗輝子は気にせず続ける。

「仮にも多くの人に読まれるものを書くのだから、もっときちんとお調べなさい」

叱りつけるように言い放ち、ツンと顔を背けながら椅子に座り直した。上条は自嘲するように笑う。

「まさか、世間知らずの貴女のような方に、記者の筋を説かれるとはねえ。しかし、私だって遊びで書いてるわけじゃない。政府を批判すれば、その新聞は廃刊、書いた記者には罰則が科せられる。新聞紙条例って法があるんですよ。今回の一件だって、かなり危ない。黒塚伯爵は現政府の立役者です。彼がいかなる理由において殺されたのかを暴くことは、下手をすれば彼を……ひいては現政府を批判することととられかねない。となると、私はこの事件を暴けば、彼と心中する羽目になる。お手上げとは、このことですよ」

わざとらしく両手を上げておどけてから、テーブルの隅におかれた記事を指した。

「それでも、事の次第を知らせるために出来上がったのが、この記事……というわけです」

斗輝子は不快なものを見るようにチラと記事に目をやり、再び上条を睨んだ。その視線の先で上条は真顔で言葉を続ける。

「無論、私が千武家を疑うには、それ相応の理由がありますよ。何故、貴女のお兄様は来なかったのでしょう」

「それは、所用があったと……」

「それならば、貴女だって来なければよかった」

「ですからそれは名代で」

「おかしいでしょう」

上条は一刀両断する。

「あの黒塚伯爵相手に、貴女を名代にするなんて。そしてその連れに、華族ですらない書生を寄越すなんて。まるで喧嘩を売っているようなものです。だが逆に、だからこそ二人とも伯爵殺しには関わっていないと思わせる。それが、千武男爵の狙いなのではないかと思えてしまう」

「つまり、どういうことですの」

「千武男爵は、あの夜会で黒塚伯爵が殺されることを知っていたのではないか……ということです」

斗輝子は、ほほほ、と乾いた笑いを漏らした。

「そんなこと……」

あるはずがないと言いかけて、斗輝子は声を呑む。

兄の栄一郎でさえ、祖父の意図を摑みかねていたほど、突然の決定だった。悔しいが名代というにはあまりにも分不相応な自分と影森怜司が行くのもおかしな話だ。だが、既にあの夜会で黒塚が殺されることを知っていたのだとしたら、この頼りない名代であることも納得がいく。

不意に目の前のこの記者が言っていることが真実なのではないかという疑念が湧き起こり、斗輝子は上条から目を逸らした。

上条は無言で斗輝子の様子を観察し小さく頷いた。

「私などが調べられるのは、せいぜい、平民の事件事故ですよ。もしも知りたいのであれば、貴女の方がよほど真相に近い場所にいらっしゃるのだから、証を立てたいのであれば、その証とやらを私に下さいよ。首が飛ばない程度に、記事にして差し上げましょう」

ははは、と軽く笑ってコップの水を飲んだ上条は、先ほどから黙ったままの怜司を見た。

「それで君は今、千武家のお手伝いの真っ最中というところかい」

「ええ。若様のご命令で事件のことを調べつつ、つい先ほどから序《つい》でのごとくお嬢様のお守りまでする羽目に陥っています」

「それで、俺に聞きたいことがあるとか」

「ああ、はい。すっかりお嬢様のお喋りに邪魔されて忘れるところでした。黒塚伯爵の妾の居場所です。上条さんなら摑んでいるかと」

「ああ、それか」

上条は懐から手帳を取り出すと、あるページを開いて示した。そこには、新橋の住所と、駒野《こまの》という名前が記されていた。

「元は新橋の売れっ子芸者だったそうだ。黒塚伯爵に新橋に妾宅を買ってもらって、悠々自適だという。会いに行くのかい」

「一応……そのつもりです」

怜司は自分の手帳にもその住所を書き記し、懐へ仕舞う。

上条は暫く黙って怜司と斗輝子の二人を見比べていたが、思いついたように手を打った。

「そんな物騒な話に首を突っ込むよりも、君たち二人で海老茶式部と書生の恋物語をくり広げてくれた方が売れる記事になるなあ……」

「やめてください」

斗輝子が声を上げる。怜司も冷静に眉を寄せる。

「勘弁していただきたいですね。僕は今、千武家のお蔭で帝大に行けている身の上なので、余計な噂が立った日には、追いだされかねません。そうなった場合、上条さんが僕の人生の面倒を見てくれなければ困ります」

「どうせなら、ご令嬢の人生の面倒を見る方が楽しそうだが」

斗輝子は顔をしかめ、上条はそれを見て愉快そうに笑った。

「ま、嫌われないうちに退散しますよ。ご馳走様でした、お嬢様」

上条はさっと立ち上がり、軽く片手を挙げて店を出て行った。

「ふざけた人ですこと」

苛立つ斗輝子に怜司は笑う。

「上条さんは、なかなか癖のある人だから。お嬢様が気負って話をしたところで、太《た》刀《ち》打《う》ちできる相手ではありますまい」

静かな口ぶりで話す怜司を、斗輝子はじっと見つめた。

「貴方もよくも黙っていたわね。いつの間にお兄様からそんな大切なことを頼まれていたの」

「夜会の日に、お休みの後で」

事も無げに言う怜司を睨みながら、斗輝子は問いかける。

「それで、貴方も千武家が関わっていると言うの」

「一理あると思いますよ。若様もそうお思いだからこそ、調べるようにおっしゃったんです。さてと……」

怜司は懐から手帳を取り出して上条から教わった妾の住所を確かめる。

「では、参ります。お嬢様はごゆっくり」

「待ちなさい。私も参ります」

斗輝子が立ち上がると怜司は眉を寄せた。

「源三さんが待っていますよ」

「書生が一人で行くよりも、千武家の娘が一緒の方が話が早いわ」

斗輝子は渋る怜司を後目《しりめ》にさっさと支払いを済ませて店を出ると、先立って歩き始める。怜司は渋々とその後をついて行きながら、大仰なほどに深いため息をつく。

「お富さんに言えば、お嬢様を座敷牢に閉じ込めて頂けるんでしょうか」

「やれるものならやってみなさい」

罵り合いながら通りを行き、斗輝子は源三の人力車に乗る。

「この書生について行って」

源三は戸惑いながらも、へえ、と返事をする。怜司は俥に座る斗輝子を、やれやれと言った様子で仰ぎ見る。

「僕はこれから人殺しを捜しに行くんです。危ない目に遭うかもしれない。それでもついて来るんですか」

「無論です。当家の名誉に関わることを、新参の書生如きに任せておけません」

怜司は、暫し黙って斗輝子の様子を見つめていたが、やがて諦めたように頷くと、困り顔の源三を見据えた。

「源三さん、今、聞きましたね。僕はきちんと断った。それでもお嬢様はついて来ると言った。だから、もしも危ないことがあったとしても、僕のせいじゃありません。もしも男爵家の方に言われたら、証言して下さい。そして源三さんも、お嬢さまが危ないと思ったら韋駄天《いだてん》ばりに走る覚悟だけは決めておいて下さい」

源三は怜司の強い口調に圧されるように顔を顰めて、恐る恐る俥の斗輝子を振り返る。

「お嬢様、本当にいらっしゃるんですか」

「参ります。さあ」

斗輝子は出陣とばかりに声を掛ける。源三と怜司は一瞬顔を見合わせてから、ようやっと歩き始めた。

新橋に向かうと町並みは洋風の造りから一転して粋な装いになってくる。柳の並木道を越え、裏路地に入った辺りで、怜司は足を止めた。

「この辺りですね」

そこには黒塀がぐるりと回り、見越しの松が植えられた家がある。俥を降りた斗輝子は怜司と並び門前に立った。

「ご免下さい」

怜司が声を張り上げると、中から十二歳ほどの少女が顔を覗かせた。

頬の赤い、垢抜けない少女は、見覚えのない女学生と書生の二人を見て、一瞬の躊躇《ちゅうちょ》を見せた。

「ご主人はいらっしゃるかな」

怜司は笑顔で問いかける。

「あ、はい」

少女は慌ただしく中に入り、しばらくして戻ってきた。

「縁側にお回り下さい」

少女に示されるまま、怜司と斗輝子は門を入り縁側に進む。

小さな庭には、季節の花が植えられていて、こぢんまりと落ち着く風情であった。

二人が縁側へ座ると、少女がお茶と煎餅《せんべい》を出してくれた。お茶を啜《すす》りながら庭を眺めていると、暫くして衣擦れの音がした。

「どちらさまかしら」

鼻にかかったような声がして、振り向くとゆるく結った髪に櫛《くし》を挿し、着崩した着物で化粧もせぬ駒野が立っていた。

二人は立ち上がって礼をした。

「あら……名代でいらしたお嬢様ね」

駒野は斗輝子を覚えていたらしい。次いで、その隣の怜司を値踏みでもするように頭のてっぺんからつま先まで眺める。

「そちらの書生さんは先日は、燕尾服でいらしていたでしょう。人の顔を覚えるのが生業《なりわい》だから忘れないよ。それに、なかなか男前でいらしたからねえ」

駒野は煙草盆を引き寄せると、煙管《キセル》を手に取って、二人を見比べると、ふうん、と流し目をする。

「昨今流行の自由恋愛かしら」

「違います。こんな書生などと」

駒野はそれを聞いて再び愉快そうに笑みを浮かべた。

「可愛いわねえ。でもお嬢様、お気をつけなさい。恋は思案の外のこと。それに、この坊やは抜け目のない目をしているよ」

煙管で怜司を指した。怜司はその煙管の先で、微笑む。

「心外ですね。僕は生真面目な書生ですよ」

そう言って、当たり前のように駒野の傍らに腰を下ろした。斗輝子も怜司に倣《なら》い、縁側にちょんと腰かけた。

「災難でしたね、先日は」

駒野はため息と共に紫煙を吐く。

「貴方たちも私を疑っているのかしら」

「いいえ、少しお話を聞きたくて。黒塚伯爵とのご縁は長いんですか」

「つい最近よ。あの夜会だって、ドレスを作ってくれるって言うから行っただけ。お相手したのだって、二度三度といったところ」

衒《てら》いもなく言うと、気怠《けだる》そうに首を傾げる。

「尤も、私にしてみれば、お殿様が亡くなったことで、お手当もなくなるし、損ばかり。何もいいことなんかないんだから、疑うことも筋違いだと言ったんですけどね」

駒野は夜会が終わって早々に警察に連行され、大西巡査からの調べを受けることとなった。尤も、あの事件の瞬間に黒塚伯爵と一番近い所に立っていたのだから、疑われても仕方がない。しかし、残念ながら駒野は黒塚が死んだ瞬間のことをまるで覚えていない。

「何せ、貴方方《がた》が活躍した捕物があったでしょう。そちらに目を取られていたんですよ」

ただ伯爵の傍らに立っているのも飽き飽きしていたところへ、浪人が飛び込んできた。はじめのうちは恐ろしくて椅子の陰に隠れていたが、やがて怜司が躍り出て、大捕物が始まったので、ついついそちらに夢中になっていた。

「貴方があの浪人を取り押さえた瞬間は、思わず拍手をしてしまったもの」

ついでの如く褒められた怜司は、はあ、と恐縮したように頷いた。

駒野は捕物を見るために、椅子から離れていた。どれくらいの時間であったかは定かではないが、五分にも満たないのではないかと思われた。そして元の立ち位置に戻ってから、

「大変な騒ぎでございましたね、お殿様」

そう声を掛けた時、黒塚は苦しそうに呻《うめ》く声を上げた。具合が悪いのかと思い、慌てて手を取った時はまだ温かさもあり、小さく動いていたようにも思われた。が、すぐさまぐったりと項垂れ、顔色も見る間に蒼白になっていった。

「あの大西という巡査にも、見たままを話したって言うのに、あの無骨な男ときたら」

駒野は忌々しそうに顔を顰める。

大西は駒野に、やれ生まれ育ちは何処だ、他に男はいないのかと、事件以外のことについても根掘り葉掘りと問い詰めた。

「ああいう男は女に嫌われるよ」

余程、腹に据えかねたのか、駒野は唾棄するように言い放つ。

警察としては、駒野が犯人であるのが一番、都合がいい。その場に居合わせた八苑子爵が犯人でも、三輪男爵が犯人でも、華族相手となると捜査の手も緩む。妾の芸者が痴情のもつれで殺したというのが最も容易い。

「そういう警察の腹が見えていたからね。私は怖くって……」

色仕掛けをしてでも、帰してもらおうかと思っていたのだが、半日もかからずにあっさり無罪放免となった。

「黒塚伯爵家としては、芸者との痴情のもつれで殺されたとあっては外聞も悪いと、夫人がおっしゃったのだそうですよ」

苦い顔をした警官に連れられて外へ出ると、伯爵家の家令が迎えに来ていた。

「此度は御心労のことと存じます。主に代わり、お詫びを」

金一封と料亭の折詰まで渡された。見送りに出た大西巡査は悔し気に顔を歪めていたが、伯爵家が罪を問わないと言っている以上、手出しはできない。

「まあ、外に出られたのは良かったけれど、何とも後味が悪くっていけない。真犯人とやらがいなければ、私の疑いもすっきり晴れやしないからね。私がやっていないことは、私が一番よく知っているっていうのに……全く忌々しい」

気怠い様子でため息をつく様は、さながら昨今の美人画のように美しい。この駒野を見ていると、なるほど痴情のもつれで諍いが起きたとしても仕方がないと、警察が勘ぐるのも無理はないように思われた。

「おや、お嬢様、そんなに穴が開くほど私を眺めて……見惚れてくれるのかしら」

駒野は斗輝子を揶揄う。斗輝子は、いえ、と慌てて誤魔化しながら、言葉を探す。

「あ……あの誰か心当たりはありませんか。伯爵を殺したがっている人に」

斗輝子の問いに、駒野は高らかな笑い声を立てた。そして調子でもとるように、ポンと煙管の灰を落とす。

「見たでしょう。あの人が死んでいると分かってからの周囲の反応を。誰一人駆け寄ることもなく、遠巻きに見つめるあの有様。あれがあの人そのものよ。生きて喋っているうちは、権威にひれ伏す人ばかり。けれど、死んでしまえば、用はないの。殺したがっている人なんて、腐るほどいるわよ」

斗輝子はあの日、豪奢な椅子に腰かけたまま死んでいた黒塚伯爵の姿を思い出す。広いホールの主役で、絶対の権力者であったはずの黒塚が、孤独で哀れな老人に見えた。

そしてふと、斗輝子が挨拶に訪れた時のことを思い出す。

「そういえば、夜会で私が伯爵にご挨拶をした際、伯爵が急に立ち上がられたのですが……何かに驚かれたのでしょうか」

駒野は記憶を手繰るように首を傾げてから、ああ、と思い出したように頷く。

「貴方たちのことだと思うけどね。ぶつぶつと独り言を言っていて……もう二十年も

「昔馴染《なじ》みの女にでも似ていたのかしら」

斗輝子は自分の顔に手を当てながら、眉を寄せる。たとえ記憶の中であっても、あの居丈高な黒塚の昔馴染みの女に似ているなど、想像したくもない。

「まあ、僕もお嬢様も二十年前は生まれてもいない。考えなくても良いのでは」

怜司の言い分はいちいち尤もなのだが、言い方が癪に障る。斗輝子が何かを言い返したいと思っていると、駒野は大きな欠伸をした。

「今日は眠くてかなわない。一緒に寝て行くのなら、どうぞ。そうでないならお帰り下さい」

わざとらしい秋波に怜司は苦笑して立ち上がる。

「警察に要らぬ疑いをかけられるのはご免ですから失礼します」

怜司と駒野のやりとりに戸惑って、斗輝子は立ち上がり、ふと家を見渡した。

「このお宅も、いずれ出ることになるんですか」

駒野が満面の笑みを見せる。

「それがね。住んでいていいそうよ」

「そうなんですか」

「奥方様からのお言伝でね。お相手をして下さった方に恥をかかすわけにはいかないとか何とか。引き続きお手当も下さるそうで、後を継がれるご長男も、その旨はご了承いただいているとか」

「黒塚伯爵夫人は、どういう方なのでしょう」

亡くなった夫の妾にそこまで手厚くするというのはよく出来た妻としても出来過ぎているようにも思われた。

「会ったこともないからね……一度、お屋敷の庭で遠見に会釈をしただけね。その時だって伯爵が、奥は下がっていろ、なんて大声で怒鳴ってお気の毒なくらい。でも、婦道の鑑と評判だけどね。私なぞからしたら、うんざりするような生き方だけど」

駒野は再び大きな欠伸をした。欠伸に急かされた二人は、

「長らくお邪魔を。失礼します」

と、駒野の家を後にした。

源三の倖まで並んで歩きながら斗輝子は怜司に問いかけた。

「あの人は、犯人ではないのかしら」

「……断言は致しかねますが、確かにあの人にしてみれば、お殿様の死は迷惑だったのでしょうね」

伯爵夫人の厚意によって、お手当も屋敷も奪われないで済んだが、もしそれがなければ、駒野にとっては黒塚が死ぬことは損でしかない。しかも最も容易く疑いをかけられる妾という立場で、危険を冒す意味はないだろう。

「すると、他の人が怪しいということね。次は何方の所へ行くのかしら。私付き合いますわ」

「お嬢様が大人しくなさって下さったほうが、余程、手助けになりますよ」

怜司は黙って腕を組む。

「実は私、近々三輪男爵には会う予定があるんです。明治座にお母様のお伴で芝居を観に行くのですが、その役者が三輪男爵のご贔屓ですから。あの方も確か、伯爵の椅子の傍にいらしたわね。貴方が頼むのならば、私、お母様に貴方も連れて行くよう、お願いして差し上げてもよくてよ」

怜司は暫く黙り、己の自尊心と葛藤するように苦悩していたがやがて諦めたような面持ちになると、斗輝子に頭を下げた。

「では、お願い致します」

斗輝子は初めてこの書生に勝てた気がして満足であった。

○

喝采が沸き起こる。明治座は、その日も満員だった。桟敷《さじき》席に座っていた斗輝子は、隣に座る母、伊都の様子を見やった。伊都は、

「二代目の左團次《さだんじ》はいい声でした」

と、しみじみと言う。

母の伊都は大の芝居好きである。娘時分に祖母に連れられて以来、何度となく芝居

見物に来ている。いつぞやは某伯爵邸で行われた天覧芝居を観に行って感動したとかで、

「帝《みかど》もご覧になるのですから、やはり芝居は素晴らしい」

と、更にせっせと劇場へと通う。

九代目團十郎《だんじゅうろう》と当代の名役者と言われた五代目菊五郎《きくごろう》が相次いで亡くなり、すっかり歌舞伎人気が廃《すた》れたなどと言われていたが、昨今、新しい左團次のおかげで、少し盛り返してきたのがまた、嬉しいらしい。

とはいえまさか一人で来るわけにもいかない。夫である慎五郎は理解があり、伊都が観たいと言えば必ずついてくる。今回は、慎五郎が神戸にいるので、誰を連れて行くか迷ったようだ。姉は嫁入りを控えた大事な「お姫様《ひいさま》」。兄は仕事が多忙な「若様」。その点、斗輝子は気楽な相方らしく、時折、母のご相伴にあずかる。この日はそれに、更に書生の影森怜司が同行することになった。

「書生を連れて行くなんて……無教養な方と行っても楽しめないから嫌ですね」

と、伊都は最初、乗り気ではなかった。伊都は芝居を見物すると決まるとその演目の本を前もって暗記する。本読みと称するそれに付き合わされるのを、斗輝子は常々嫌がっていたが、今回はそれに怜司も巻き込んだ。

「貴方はなかなか覚えが良くて何よりです」

伊都は、怜司が真剣に本読みをするので、気を良くして今回の同行に同意したのだ。

芝居が終わってホールへ出ると、

「堪能致しました」

怜司は愛想のいい顔で伊都に微笑む。伊都は満足そうに頷いた。

「貴方も折角、東京にお住まいなのだから、こうした文化にも触れなければなりません。優秀な書生とはそういうものですよ」

「はい、ありがとうございます」

怜司の愛想の良さは斗輝子に対する時とはまるで違う。

ホールにいると、

「千武様の奥様」

と声をかけられ、伊都はどこかのご婦人との立ち話に花を咲かせている。

ホールに設えられたソファに腰かけた斗輝子は、ため息と共に怜司を見やる。

「お母様には随分と紳士的に振る舞うものね」

「それは当然でしょう。貴女に嫌われたところで、千武家から追い出されることはありますまいが、奥様に嫌われたら僕の人生に関わります。それに、我がまま放題の貴女と異なり、奥様はお優しい」

さらりと言い放つ。

「それならば何故、お祖父様にはああいう口を利くのですか」

先日、祖父の総八郎に対して無遠慮な口の利き方をしていたのを斗輝子は咎めるが、怜司は気にする風もない。

「それは、御前のお心が広いからですよ。そんなことより、三輪男爵はどちらにいらっしゃるのでしょう」

斗輝子もはたと本来の目的を思い出し、立ち上がる。

「先ほど、客席にいらっしゃるのはお見かけしたけれど……」

斗輝子が、首を伸ばしてあちこちを見ていると、伊都が立ち話を終えて戻って来た。

「斗輝子さん。何でしょうね、落ち着きのない。芝居見物というのは、品をもたねば、教養のない人と同じですよ」

伊都は背筋を伸ばして、羽織の襟元を直す。斗輝子は、はい、と頷きながらも辺りを見渡していた。しかし三輪を見つけることができないまま、馬車が車寄せに回ってくるまでロビーで待つことになった。すると傍らに立つ怜司が斗輝子の肩を叩く。

「お嬢様、あちらに」

斗輝子が目をやると、そこには三輪連次郎男爵がいた。斗輝子が声をかけるよりも先に、三輪が気付いたようでこちらに手を振る。

「千武家の斗輝子さんではありませんか」

「三輪男爵」

斗輝子は歓喜の声を上げ、満面の笑みを浮かべた。三輪は懐かれたと思ったのか、満更でもない笑顔だ。

「いやいや、お元気なお嬢さんだ」

伴っていたのは、先日の夜会とは別の随分と年若い玄人風の女である。

三輪連次郎は、祖父、総八郎とさほど年は変わらぬが、闊達《かったつ》とした大声だ。伊都はどうにもこの男が苦手と見え、眉間にしわをよせている。

「若奥様、慎五郎君はお達者ですかな」

「お蔭さまをもちまして。ただ今は神戸におります」

「そうですか。いやあ、千武男爵は頼もしいご長男とお孫さんがいらして実に羨ましい」

「恐れ入ります」

母は淑女のたしなみとばかりに控え目にか細い声で応える。

「いやいや、全く……。ところでお嬢さん、先日の黒塚伯爵の夜会ではご活躍でしたなあ。お、こちらは先日の夜会で捕物をした若者だね。君、名前は」

三輪は怜司を見て問いかける。怜司は礼儀正しく目を伏せて、頭を下げる。

「千武家の書生で、影森怜司と申します」

「ほう……なかなか好青年ですな。相変わらず、千武家は書生の育成に手を抜かない」

わははは、と、豪快に笑う。斗輝子は三輪に合わせて笑ってからふと顔をひきしめた。

「捕物はともかく、大変な事件でございましたが、三輪男爵はお変わりなく」

と、問う。三輪は、いやあ、とため息をついた。

「私の妻は、伯爵の従妹ですからね。ひどく落ち込んでおりました」

三輪は整えられた口髭に触りながら斗輝子を手招くと、声を潜めた。

「伯爵の死は未だに公にされていませんがね、その真相を私は知っているんですよ。あれは殺されたんです」

斗輝子は目を見開き、怜司と顔を見合わせる。驚いた表情の斗輝子を見て、三輪は満足げに頷いた。

「お嬢さんは捕物をしていらしたから、あの時の伯爵をご覧になっていないでしょう」

「殺されたというのは、どういう……」

斗輝子が身を乗り出して問うと、伊都が、わざとらしく咳払いをし、斗輝子を咎めるように目配せをした。斗輝子が口を噤《つぐ》むと、三輪は肩を竦めた。

「ご母堂は慎み深い方だ。とはいえ、これはお嬢さんにも関わりあることですよ。私はね、あの時黒塚伯爵のすぐ左にいたからね、見たんです。酒に、何かが入っていたんですよ」

三輪は小声の早口で話した。

あの日、黒塚伯爵の椅子の右横には小さなサイドテーブルがあった。そこにはいくらかの料理と共に、酒の入ったグラスが置かれていた。サイドテーブルの横には駒野が立っていて、三輪男爵は椅子の左側に、家令は椅子の後ろに控えていた。そして、八苑子爵が挨拶に訪れた。

「その時あの浪人が飛び込んで来たんですよ」

駒野は、最初のうちは怯えて椅子の後ろに下がったのだが、やがて浪人が取り押さえられるとなると、今度は面白がって前に身を乗り出して見物に興じていた。逆に家令は、浪人が飛び込んだ瞬間に椅子の後ろから飛び出して伯爵の前に、盾となるべく両手を広げて立っていた。三輪はというと……

「私はどうにもああいう刃傷沙汰は苦手でね。一歩も動けずにいたんですよ。しかし伯爵もまた微動だにせず、浪人を睨んでいた。流石《さすが》は肝が据わっていると思いました」

とはいえ三輪も、怜司がテーブルクロスを浪人に掛け、警察と共に押さえ込んだ様子は固唾を呑んで見守っていた。一先ず危難は去ったと一息ついた時、ふと椅子を見ると、伯爵はゆっくりと置かれたグラスを手に取って、中の酒を飲み干していた。

「冷静なご様子であったが、喉が渇くほどに緊張されていたのだな、と思いました。それで、私は警察に連れ出されていく浪人の顔を目で追っていたら……あの有り様です」

うっと呻く声がして、慌てた駒野が手を取ったが、どうにも意識はないようだ。三輪もその有様を見つめていた。

「人は死ぬとこんなにすうっと、覇気が消えるものなんですね。隣に立っているだけで威圧されるような伯爵の気配が消え、ああ、死んでいるんだなと思いましたよ」

三輪は悲しむというよりも、今見てきた芝居の話でもするかのように語った。

「恐らくは、あの酒に毒が入っていたのでしょうなあ。しかも、その前に飲んでいらした時は何でもなかったとすると、やはりあの僅かな合間に入れたというのが正しいでしょう」

「そのこと、警察には……」

「無論、話しましたよ。当家の遠縁に警察の人間もおりますからね。しかしまあ……確証はないし、何より黒塚家の方々が事件にされたくないとおっしゃっている」

「そうなのですか」

「ええ。今の所、夫人はそうおっしゃっているそうです。いずれ、ヨーロッパから帰国途上のご子息と連絡がとれれば、話は公になるでしょう。まあ、殺されたというのは、どの道、醜聞ですからね。あの浪人に殺されたとでもいうのなら、まだ政治犯だと言えますが、ひょっと痴情のもつれだなんてことになろうものなら、目も当てられない、病死で片付けられるでしょう。……そうそう、ご存じですかな。あの浪人は獄中で自害を図ったとか」

「え」

斗輝子は思わず声を上げ、辺りに居た人々が斗輝子の方を向く。慌てて口元を覆ったが、三輪はそれを気にする様子もなく、更に言葉を続けた。

「辛くも命をとりとめたそうですが傷は深く長くはないとか……尤も、生き永らえても牢から出られるあてもないですからねえ」

三輪は、ため息交じりに髭を撫でる。

「お蔭で、真犯人のことも明らかにされぬまま、有耶無耶《うやむや》に片付きそうですね」

「男爵は、どなたが犯人だと思われますの」

斗輝子の視線の先で三輪は悪戯めいて笑って見せる。

「少なくとも、私ではありません。私は伯爵の死によって、軍部との繋がりが薄れてしまった。折角、伯爵の従妹を娶ったのに散々ですよ。駒野も妾としてお手当がもらえず、損をすることになるでしょう。家令はあの時、伯爵を守るために身を挺した。となると……」

「八苑子爵……ですか」

三輪は斗輝子の言葉に、手のひらをひらひらと顔の前で泳がせた。

「私は申しませんよ」

斗輝子は更に身を乗り出した。

「しかし……八苑子爵だとして、何故……」

「さあ。ご大層な理由などなくとも、あの八苑子爵のご様子を拝見すれば、黒塚伯爵から何のご支援もなかったことが窺えます。それを根に持って……ということも考えられますが」

そこで三輪は伊都を一瞥して肩を竦めた。

「おっと、これ以上、人様の醜聞を口の端にのぼせるのはいかがなものか……でございますね」

伊都は黙って俯いたまま、いいえ、とだけ答えた。三輪は改めて伊都に向き合うと愛想の良い笑顔を浮かべる。

「私と千武男爵は、しばしば商売敵と目されております。もしもあの日、千武の御大《おんたい》や、慎五郎君、栄一郎君が来ていたら、或いは私は彼らを疑ったかもしれない。しかし、いらしたのはこちらの可愛らしいお嬢様と書生さんで、しかも捕物劇の主役で伯爵の遠くにいらした。今日の芝居よりも余程、見応えのある女優ぶりでいらした」

三輪連次郎は、斗輝子の肩をトントンと叩き、かかか、と高笑いを残して芸者と思しき女の肩を抱いて、劇場の外へ出て行った。

伊都はその背を見送りながら、ふう、とため息をついた。

「あの方も、大概、品のない方ですね」

三輪もまた、祖父と同様に商人として官軍に味方した勲功によって男爵位を得た富豪である。武家育ちの母にとっては、どうにも受け入れがたい存在であるらしい。

「貴女も、軽々しく口をきくのはおよしなさい。折角の楽しい芝居見物が、物騒な話で終わるのは残念です」

伊都はそう言うとさっさと車寄せから馬車に乗り込み、斗輝子もその向かいに座った。怜司は斗輝子の隣に座ると馬車は走り始める。斗輝子はしばらく黙って外を見ていたが、ふと視線を感じて前を見ると、伊都がじっと斗輝子を見ていた。

「それで、何です。先ほどのお話によると、黒塚伯爵は、八苑子爵に殺されたと、三輪男爵はおっしゃるのかしら」

澄ました口調であるが、じわじわと好奇心がにじむ。斗輝子は怜司と顔を見合わせる。怜司が一つ咳払いをして口を開いた。

「まあ、その可能性が高まったということでしょうか」

「まあ……それは恐ろしいこと。八苑子爵もご苦労が絶えぬ方でいらしたのは存じておりましたけれど……」

「ご苦労、ですか」

斗輝子が問うと、伊都は、ええ、と強く頷いた。

「八苑子爵家は、さほどの石高がある公家ではないのに、子爵位を頂戴したことで、華族としての体面を保つのに、四苦八苦されていたと聞いています。そのために八苑琴子様が黒塚伯爵に嫁がれる折には、政略結婚だ、身売りだと、かなり話題にも上りましたからね」

「……夫人は先日の夜会にもお顔を出されませんでしたが、どんな方なのでしょう」

「嫁がれる前に一度だけ、菊見の会でご一緒したことがありましたわ。あまりお話ししませんでしたが、おっとりとしたお姫様で……」

伊都は記憶を手繰るように話す。

「あの方が黒塚伯爵に嫁がれたのは、私が栄一郎さんを産んだ後でしたが、当時、八苑琴子様があの黒塚伯爵に嫁がれると聞いて、羨む方はどなたもいらっしゃらなかったわね」

伊都はしみじみと呟く。

「それは……」

斗輝子が言い淀むと、伊都は口を開く。

「貴女はご存じでしょう。先の黒塚伯爵夫人がどうして亡くなられたのか」

斗輝子は頷く。

酒に酔った黒塚伯爵が、夫人を自らの刀で斬り殺し、挙句、その事件に際し、警察を抱え込んで隠ぺいしたという話は、つとに有名であった。

「亡くなられた方をこう言うのもなんですが……。黒塚伯爵のことを、殿方たちは男らしい、素晴らしい武勇の方だと誉めそやしますが、奥方様が亡くなられた際のお話を聞いてからというもの、私はどうしても恐ろしい方のように思えて、敬う心にはなれませんでした」

伊都は苦悶の表情を浮かべ首を横に振る。

「夫に従うのが女の道と申しますが、命まで奪われる謂れはありません」

その声には悲しみや憐れみと共に怒りも籠もっているように聞こえ、斗輝子は母の顔をじっと見た。

「何です」

「いえ……お母様は、それでも夫に従う方なのかと」

すると伊都は、ふっと笑った。

「理不尽は理不尽ですよ。耐えられるものと、耐えられぬものがございます」

伊都は、当たり前でしょう、と言葉を添えた。

馬車はやがて千武邸に辿り着いた。

怜司は先に降り立ち、伊都と斗輝子に手を貸す。

「お帰りなさいませ」

女中頭の富と八重が馬車に駆け寄った。

「ただいま」

伊都を先頭に屋敷へ入ると、八重が声をかける。

「あ、お嬢様。先ほど八苑道子様よりお電話を頂戴しました。今度、お礼をさせていただくお約束ですが、お父様がお体の調子を崩されたそうで、それが難しいとのこと」

「まあ……それはお気の毒に」

「ただ、道子様の叔母様にあたられる黒塚伯爵夫人のご厚意で、伯爵邸でお茶会をいたしましょうとのことでした」

「黒塚伯爵邸で……」

斗輝子は足を止めて八重を見た。

「伯爵が亡くなられたばかりなのに、いいのかしら……」

「よろしいんじゃありませんか」

前を行く伊都が斗輝子を振り返って言う。

「先方がお招きなのです。お悔やみを申し上げるつもりでおいでなさい。お断りするのは却って失礼ですよ」

斗輝子は伊都の言葉に頷き、自分の後ろを歩く怜司を振り返る。

「道子様は、貴方にもいらして欲しいとおっしゃっているのよ」

怜司は驚いたように目を瞠る。

「僕もですか」

「ええ、助けていただいたお礼をしたいそうだから」

斗輝子は怜司に歩み寄り声を潜める。

「これで、黒塚家の家令とやらには会えそうですよね」

「それならば、ご一緒させていただきます」

ああ……そして怜司は改めて伊都に歩み寄った。

「奥様、本日は素晴らしい舞台にご一緒させていただき、見聞を広めさせていただいてありがとうございました」

伊都は優しく微笑んだ。

「貴方は勉強熱心でいらしたから、私も楽しゅうございました。また、ご一緒しましょう」

怜司は、一瞬苦い顔をしてから間を置いて笑顔を作り、

「ぜひ」

と、答え青雲荘へ戻って行った。

怜司にしてみれば本読みから付き合わされるのはご免なのだろう。斗輝子はその苦い顔をした怜司がおかしくて仕方なかった。

屋敷の奥へ入ると伊都がはらりと羽織を脱いで、富に預けた。その時ふと、伊都の帯に椿をあしらった帯留めがあるのに斗輝子は気付いた。

「お母様、こちら素敵なお品ですね。どちらでお求めかしら」

「銀座にある高橋《たかはし》商店ですよ。あちらは腕のいい職人がおりますから」

斗輝子が嘆息しながら母を見上げると、母は嬉しそうに斗輝子に笑いかけた。

「貴女もそういうものに興味を持つようになったのですね。ついていらっしゃい」

伊都は斗輝子を連れて和館へ渡る。和館の一部屋が、慎五郎と伊都の居室になっていた。東側の庭を望む伊都の部屋は、畳の敷き詰められた和室に、舶来の大きな絨毯

が敷かれていた。そこには漆塗《うるしぬ》りに金蒔絵《きんまきえ》を施した鏡台が置かれている。

伊都はその鏡の前に座ると、丁寧に椿の帯留めを取った。

「ご覧なさい」

斗輝子は椿の帯留めを受け取りながら母を見て、ふふふ、と小さく笑う。

「何です」

「お母様らしい。あの場で外して下さってもよかったのに」

「家人とはいえ、人前で帯に手をかけるなど恥ずかしいことですよ」

「はい」

珍しく素直に返事をする娘の様子を嬉しそうに見つめ、

「他にもありますよ」

と、鏡台にある宝石箱を取り出した。

「これは、輿入れの際に巴里《パリ》から取り寄せた首飾り。そしてこれは……」

まるで娘に戻ったように楽しそうに説明する母の話を聞きながら、斗輝子は改めて帯留めに目を落とす。

金細工のそれは、花びらの一枚一枚が丁寧に作り込まれており、葉の葉脈まで描き込まれている。花芯の部分には、翡翠《ひすい》がはめ込まれており、均整のとれた美しい逸品だ。

そしてそれは、あの影森怜司の持っていた水仙の帯留めに似ているように思えた。

「この帯留めはいつ頃お求めなのです」

「私が嫁入りの頃、帯留めが流行《はや》りましてね。華族の令嬢はみな、職人に誂えさせておりました。高橋の職人はこの通り、良い仕事をするものですから、こぞって頼みに行きました」

斗輝子はその帯留めと簪《かんざし》を交互に見つめた。

「椿はお母様のお印でいらしたわね」

「ええ」

「あの……水仙のお印をお持ちだった方はいらっしゃるかしら」

伊都は首を傾げた。

「さあ……私のお友達にはいなかったように思いますけれど……どこかで見かけられたの」

斗輝子は答えかけて口を噤んだ。怜司が持っていたことを伝えるのは、戸惑われた。

「いえ……何となく……」

「おかしなことを聞くのね」

伊都は斗輝子が手にしている帯留めを受け取るとそれを丁寧に仕舞う。

「そんなにたくさんお持ちなら、あちこちに着けてお出かけなさればよろしいのに」

「一品ずつ楽しむのが品というものですよ」

いつもの母の口ぶりなのだが、好きな宝石を前にして高揚しているのが可愛らしく思えた。

「何です」

伊都は怪訝そうに斗輝子を見る。

「いえ……娘時分のお母様は、どんなふうでいらしたのかと思いまして」

「今の貴女より、大分、淑やかに育っておりましたけれど」

斗輝子は煌々と光る宝石箱を見ながら、かねてから聞いてみたかったことを問いかけた。

「お母様は、お父様とのご結婚をどう思われていたのですか」

「嫌でしたよ」

伊都ははっきりと言った。斗輝子は即答に驚きもしたが、伊都は迷いない表情で続けた。

「私は、妾腹とはいえ、武家の生まれです。商人に嫁ぐのは、貧乏くじを引いたように思えたものです」

斗輝子は黙ってじっと聞いた。伊都は淡々と続ける。

「ただ、慎五郎様はあの通り気楽な方です。私の父なぞ、私と話すことさえ稀《まれ》でしたが、あの方は趣味人で、一緒に芝居に行って下さいますし、怒鳴ることもありません。今となっては良い縁だったと思っておりますよ」

その時、斗輝子はふと普段は聞くことができないことを今なら聞ける気がした。

「私やお姉様のご縁は、どんなものなのでしょう」

伊都はゆっくりと言葉を紡ぐ。

「美佐子さんのご縁は、申し分のないお家柄です。正直に申せば、それ故に心配です。美佐子さんは貴女と違って、思ったことを半分も言わない。胸に秘めて耐え忍ぶ方だから」

そして斗輝子に手を伸ばして、その髪を撫でた。

「貴女のご縁については、お舅様がお決めになられているとしか私も存じません。慎五郎様もご存じないご様子ですからね。ただ、私は貴女のことは案じていないのです」

「どうしてです」

伊都はしみじみと娘の顔を見つめた。

「貴女は思った通りにしか生きられない。それは厄介な性《さが》ですし、いらぬ壁にもぶつかりましょう。私をはじめ周りの者はよい迷惑です。しかし、それでいいのかもしれません」

伊都はそう言って柔らかく微笑んだ。その優しい眼差しの前で斗輝子の小さな不安は溶けていくように感じた。

「だからといって、何でも貴女の思い通りになるとは思わぬように。世の中には、それ相応のしきたりというものもあることを忘れてはなりませんよ」

わざと険しい顔を作る母の様子が可笑しくて斗輝子は笑いながら、

「はい」

と、答えた。

母が自分をどう見ているのか、気にしたことはない。ただ、姉よりも淑やかさが足りず、兄ほど頼りがいもない。娘という立場上、千武にとってはさほど役にも立たぬと思い、居場所のなさを感じていたこともあった。

「お母様とこうしてお話しできるのは、役得ですね」

「貴女はお父様に似ていらっしゃるのよ。気楽なのが取り柄ですね」

伊都のその言葉が、紛れもない誉め言葉であることを、斗輝子は感じていた。

三

三田の坂道を馬車は駆け上がっていく。

斗輝子の向かいに座る怜司は栄一郎のお下がりだという背広を着ており、数年前の栄一郎を彷彿させる。斗輝子は流石に喪中の屋敷へ赴くので、藍色の着物に黒地の帯を締め、母から借りた真珠のついた帯留めをしていた。

斗輝子はその帯留めに手をやり、向かいに座る怜司を見た。

「先日、貴方が持っていらした水仙の帯留めがありましたでしょう」

怜司はびくりと驚いたように身を縮め、それを隠すように表情を消した。

「それが何か」

思いがけず鋭い声で問い返され、斗輝子はやや驚きながらも続けた。

「よく似た椿の帯留めを、お母様がお持ちでしたの。お母様が嫁がれる頃に、流行ったとか。もしかしてあれは、貴方のお母様のお品でいらしたのかと思って」

「……察しがよろしいですね。確かにあれは、母の形見です」

「亡くなられたというお母様のことですよね。随分と高価なお品に見えたのですが、良いお家の方でいらしたのかしら」

「さあ……僕が物心つく頃には、病がちだったものですから、あまり生まれについて話したこともなかったですね。それにしても、僕まで黒塚邸に行ってよろしいんでしょうか」

視線を外へ向け、あからさまに話題を逸らす。これ以上は聞いてくれるな、という拒絶を感じ、斗輝子は、ああ、と返す。

「折角のお招きですから、よろしいのでしょう。奇しくも貴方が道子様の命の恩人ですから、さながら貴公子のように勘違いなさっているのです」

怜司は、なるほど、と応えると再び暫くの沈黙が広がった。

「そう言えば、先日の三輪男爵のお話、貴方はどう思ったのかしら。八苑子爵が犯人だと仰っていたけれど」

沈黙を破るように、斗輝子はそう切り出した。怜司は苦笑する。

「いきなり、物騒なお話ですね」

「仕方ないでしょう。気になるのだから」

「確かに、三輪男爵にしてみれば、何の得もありませんからね。だが、子爵だとして、その動機は何だと思われますか」

「それは分からないわ。ただ、とても困窮されているというじゃありませんか」

怜司は腕を組んだ。

「しかし、黒塚伯爵を殺したところで、彼の元にお金が舞い込むとは思えませんね。

彼の妹は伯爵夫人でいらっしゃいますが、後妻で子どもがいるわけではない。となると、先妻の子が後を継がれるわけでしょう。そうすると、伯爵夫人はむしろ実家の子爵家への支援などできなくなりますよね」

「八苑子爵には得がないと言うならば、残るは家令一人です。黒塚伯爵家に仕える家令が、手を下す理由は何ですか」

怜司は、さあ、と素っ気ない。

「僕も優秀だとは言われていますが、さすがに千里眼ではないのですから、何でも聞かれれば答えられるというわけではないですよ」

そんなやりとりをしているうちに馬車は伯爵邸の車寄せに辿り着いた。馬車が止まると、そのドアが開いた。

斗輝子がゆっくりと降り立つと、背広姿の家令が立っていた。

「千武《ゆきたけ》斗輝子様でいらっしゃいますね。ようこそおいで下さいました。影森怜司様も、ようこそ。当家の家令、青井《あおい》と申します」

青井と名乗る家令は、先日、夜会の折に見かけていた。長身で立ち姿に揺るぎがなく、武芸に通じているように見えた。穏やかな双眸《そうぼう》で二人に微笑む。

「どうぞ、こちらで道子様がお待ちです」

青井に導かれて、斗輝子と怜司は廊下を渡る。

夜会の折にも歩いたのだが、大勢の人がいる先日とは違い、屋敷全体に落ち着いた風情が漂う。重厚な木造の武家屋敷の先には、あの日、夜会の会場となったホールが広がった。先日は気付かなかったが、ホールの床は寄木張りになっており、広々とした空間にテラスからの柔らかい日が差し込んでいた。

「斗輝子様」

ホールには薄い青の友禅に黒い帯を締め、かすかに口紅をさしている道子がいた。嬉しそうに立ち上がると、斗輝子に向かって歩み寄る。斗輝子は笑顔で応じた。

「お招きありがとうございます。お父様のお加減はいかがですか」

「ええ……少し養生すればよくなると、お医者様はおっしゃっているので、お気になさらず。あの……」

道子は影森怜司に視線を向けた。

「先日は失礼いたしました。影森怜司です」

怜司は形式通りに美しい礼をする。道子はそれに応じるように会釈をしながら、頬を赤らめて微笑む。

「先日は、助けていただいてありがとうございました」

「……いえ。お怪我がなくて何よりです」

怜司は紳士然とした口調で答えた。

テラスに設えられたテーブルには、白いテーブルクロスがかけられ、真ん中には花の活けられた花瓶が置かれている。

道子に言われるままに斗輝子と怜司が席に着くと、女中がワゴンに洋菓子とティーセットを載せて運んで来た。白い陶器のカップに紅茶が注がれる。真ん中のバスケットにはクッキーとマシュマロが盛られ、それぞれの皿にはフルーツケーキが置かれた。

「当家の料理人が作ったもので恐縮ですが、召し上がって下さい」

家令の青井が言うと、道子が腰を上げ、まずは怜司の皿にマシュマロとクッキーを取り分けた。

「どうぞ」

怜司は黙って会釈だけを返す。斗輝子の皿にもそれが載せられ、まずマシュマロを口に入れると、ふわりと溶けた。

「まあ、美味しい」

すると背後に控えていた青井は静かな笑みで頷いた。

「料理人も喜びましょう」

斗輝子は道子の他愛のないおしゃべりよりもつい、青井の一挙手一投足に気をとられてしまう。何せあの事件で「疑わしい一人」なのだ。そうしてよく見ていると、青井という男は決して前へ出ようとはせず、絶えず客人の様子を気にかけており、女中たちの動きにも目を配る。それでいて人当たりよく、柔らかい笑顔で接している。千武家の祖父の秘書である関口もそうだが、青井も完全に陰に徹しており、その人となりまでは見えない。只、極めて優秀な家令ということはよく分かる。

「しかし、先日の夜会から日も浅いというのに、こんな形でお邪魔してよろしかったのでしょうか」

怜司が気遣わしげに道子を見る。道子は、はい、とか細い声で返事をする。

「私もそう思っていたのですが、叔母様が、構わないとおっしゃって……」

そこで言葉が切れる。すると青井がスッと前へ出た。

「当家の夜会があのように騒ぎになりまして、ご迷惑をおかけしたのです。当家の主が亡くなったとはいえ、ご不快な思いをさせたことに変わりはなく、本来ならば私どもがご挨拶に伺わなければならないのですが、何分、葬儀の支度など、諸々で忙《せわ》しないものですから、いっそこうしておもてなしさせていただけるのは、こちらとしても、嬉しいことでございます」

その声は真摯で嘘がない。斗輝子には、この男が恨みや怒りに駆られて主を殺《あや》める人には見えなかった。

晴れた空の下には鳥の鳴き声が響き、風に乗ってテーブルに飾られた花がほのかに香る。愛らしい薄紅の見慣れぬ花である。

「こちらのお花は、何というのでしょう。お庭に咲いているものかしら」

斗輝子が問うと、道子が答えを求めるように青井を見た。青井はテラスから外を指さす。

「はい。あちらの南西のお庭にございます。確かフリージアという名であろうかと」

斗輝子はテーブルを立って、青井が示した方に首を伸ばした。だが、目の前の回遊式庭園の更に奥であり、木々に隠れてその向こうは見えない。

「このお庭は、大名屋敷の折に造られたものをそのまま活かしておりますが、石段を下った向こうは、洋風にしてございます。後で、ご案内致しましょうか」

「まあ、ありがとうございます」

斗輝子が礼を述べつつ、ぐるりと視線を巡らすと、右手の奥の木陰に何やら古びた茶室のような建物が見えた。この洋館ではなく、和館から渡り廊下で繋がっているようだった。

「あちらは……」

青井は一瞬、顔を強張らせたが、すぐに微笑に切り替わる。

「あちらは、奥方様のための離れでございます」

「伯爵夫人の」

「はい」

青井はそれ以上の問いを避けるように、一人テラスからホールへ入った。今の青井の様子は初めて見せた隙《すき》であった。姿勢を崩さず立っている背中を見つめてから、再び庭に目を向ける。

伯爵夫人と言えば、この家の女主人である。その人のための離れというには、あまりにも質素で、小さな建物である。この家の壮大な敷地を思えば、異様とも思えた。

「どうなさいました」

怜司が斗輝子の傍らに立ち、問いかける。斗輝子はすっとその離れを指さした。

「伯爵夫人の離れだそうです」

「ほう……尼の庵の如くですね。変わった趣向だ」

果たして趣向なのだろうか……と、斗輝子は疑問に思うが、怜司は気にしていない様子である。余計なことを言って嘲笑われたくないので黙った。テーブルに座る道子の方を振り返る。

「道子様ときちんとお話しして差し上げたらどうかしら。勘違いとはいえ、貴方をお気に召しているようだから、私は遠慮してこちらに来たというのに」

「道子様が黙ってしまわれるのですよ。不釣り合いは不縁の元ですからね。余計な期待を持たせることは致しません」

怜司は疲れたとでも言いたげに首を回した。

「大袈裟ね。余程の自信がおありなのかしら」

「まあ、貴女が青雲荘の書生たちをからかっているよりはよろしいでしょう。それに、僕もああいうお嬢様らしいお嬢様にお会いするのは初めてで、とても新鮮です」

「それは何よりですわ」

斗輝子は怜司に言い捨てて、道子の待つテーブルに戻る。

「ところで道子様。伯爵夫人はおいでになられるのかしら。私、当家からお見舞い申し上げるように言付かって参りましたの」

「まあ……そうですか」

道子は再び答えを求めるように視線をホールにいる青井に向けた。青井は静かに歩み寄る。

「……何分、殿が亡くなられて間もないこともあり、奥方様も少しお疲れのご様子。一応、お声はかけさせていただきますが、場合によってはご容赦下さいませ」

丁寧な言葉に、斗輝子は頷いた。

「無理もございませんわ。突然でいらしたのですから。ただ、できればご挨拶申し上げたいのです。母からも、まさに婦道の鑑のような女性でいらっしゃると聞いております」

青井は静かに微笑んで、踵を返した。女中たちは顔を見合わせてそこを動かず、青井自らが奥へ向かった。

「夫人への言伝など僕は聞いていませんが」

怜司は口を動かさないよう斗輝子に早口で囁く。

「会ってみたいと思わないの」

斗輝子が問うと、怜司は斗輝子の顔を驚いたように見る。

「……貴女の好奇心とやらは、まるで底なし沼ですね」

怜司は嫌味な口調でそう言うと、われ関せずとフルーツケーキを口に運んだ。

暫くして背後のホールの扉が音を立てて開き、青井のあとに続いて、黒いドレスの女がゆっくりとホールを横切ってこちらに歩いてきた。

襟の詰まった黒のドレスは、簡素な作りで、喪に服していることを表していた。豊かで黒い髪は丁寧に結われており、それとは対照的に肌の白さが際立つ。伏し目がちで切れ長の目には、長い睫《まつげ》が影を落とし、薄化粧の唇は、仄《ほの》かに色づいている。斗輝子が立ち上がって礼をすると、膝を軽く曲げて、洋装らしく会釈を返す。

「黒塚琴子と申します。千武斗輝子様でいらっしゃいますね」

琴子は、ゆっくりと視線を上げると、斗輝子の目を見た。

斗輝子は思わず目が釘付けになった。濡れた黒真珠とか、ぬばたまの瞳といった言葉を思い出す、艶やかな美しさだ。

「この度は、当家の夜会でご迷惑をおかけしました。また、姪《めい》の道子をお助けいただいたそうで、恐縮でございます」

「いえ……滅相もございません。祖父からもお見舞い申し上げたいと、言付かっておりまして……」

琴子は、淋しげな笑みを見せながら、首をゆっくりと横に振る。

「千武男爵には、既にお見舞いを頂戴しております。御前には、くれぐれもお礼を……」

斗輝子は、はい、と丁寧に答えた。

「そちらは……」

琴子の視線は遅ればせながら立ち上がった怜司に注がれていた。怜司は伏し目がちに佇んでおり、ゆっくりと琴子に向かって礼をする。

「当家の書生で、影森怜司と申します」

怜司は琴子から目を逸らさずに名乗る。

「影森さん……とおっしゃるの」

琴子の声が微かに揺れた。その表情は訝しいもの、怖いものを見るように顰められている。それはあの夜会で黒塚伯爵が見せた表情にも似ているように思えた。

「奥様」

黙った琴子を窘めるように、青井が声をかけた。琴子は我に変えったようにふっと目を伏せて、口元に微笑みを浮かべる。

「どうぞ、ゆっくりしていらして下さいね。道子さんも良かったですね。お友達にお会いできて。私はこれで失礼を」

琴子はそう言うと背を向け、青井が付き従おうとするのを制して足早に立ち去った。

黒いドレスの後ろ姿がドアから消えても、何故か沈黙が続いていた。静けさのなか、紅茶の茶器が触れ合う音だけが、カチャカチャと響くその重い空気を切り裂くように、青井がそれぞれのティーカップにお茶を注ぎながら切り出した。

「道子様、皆さまを庭園にご案内いたしましょうか」

道子は、青井を見上げてほっとしたように微笑んだ。

「そうですね。では参りましょう」

先導する青井に従い、三人は、庭へと降りる。回遊式の庭園の向こうには、下る石段が続いている。

「こちらの土地は、やや坂になっておりますので、下の庭には様相を変えた洋風の庭園をと、亡き先の奥方様が考えられまして西洋から様々な花を取り寄せられたのです」

青井はそう言って、階段を降りて行く。

その庭には、色とりどりの異国の花が咲き乱れていた。先ほどのフリージアの他にも、白いマーガレットや鮮やかなアネモネも風にゆれている。一人の庭師が手入れをしており、一行が近づくと、小さく礼をした。煉瓦造りの小さな道具小屋と、石を敷き詰めた花壇が並び、辺りに甘い芳香が漂っていた。

「素晴らしいお庭ですね」

斗輝子が感嘆すると、青井は嬉しそうに目を細める。

「ありがとうございます。五月になると薔薇が咲き一層華やぐのです」

その時、怜司がついと青井に歩み寄った。

「先の奥方様……と、おっしゃいましたか」

青井は何とも言えぬ微笑を浮かべた。

「私は、先の奥方様のご実家と縁続きなのです」

先の奥方といえば、まだしがない藩士であった亡き黒塚を婿養子として迎え、糟糠の妻として支えてきたにもかかわらず、酔った黒塚によって斬殺されたと噂されている人である。

「先の奥方様のご最期は、私の父が見届けました」

そして訥々《とつとつ》と言葉を続けた。

青井の家は、先の奥方の実家に仕えていたという。婿となった隆良は明治の新政府の立役者となり出世し、やがて華族となった。青井家の役割は新時代に即して家令と称されるようになったが、奥方にお仕えする志は変わらなかった。しかし、奥方の死後、その命を守れなかったことを悔いた青井の父は、切腹をして果てたという。

「切腹……ですか」

不意に前時代の強風を叩きつけられたような心地がして、斗輝子は思わず怜司と顔を見合わせた。

「その……やはり、先の奥方様は、伯爵のお手にかかったと……」

斗輝子の問いに青井は曖昧に首を傾げた。

「奥方様が誰に斬られたかは、父にとっては問題ではございませんでした。父は幼い頃より、先の奥方様をお守りすることを己の天命と決めておりました。それが叶わぬ以上、命を以て償うほか、術《すべ》を見つけられなかったのでしょう」

青井は庭を歩きつつ、咲き誇る花を見つめている。

青井の父は、ひたむきに奥方と黒塚の家に忠義を尽くすために腹を切ったのだろう。

斗輝子にとって、それは古めかしい考えにも思える。しかし理不尽にも夫の刃に倒れ、死後に家をも奪われた奥方を思うと、青井の父の存在がせめてもの救いであったかもしれない。夫はその後、自らの罪を隠蔽し、我が子よりも年若い後妻を迎え、その上、妾まで囲って出世の道をひた走る。

「敬う心にはなれませんでした」

母が言っていたのも分かる。居丈高な振る舞いもさることながら、黒塚伯爵に対しては話を聞けば聞くほど好感は持てない。

私が奥方様なら、間違いなく化けて出る。

そこまで思って、はたと己の考えが迷走していることに気づき、斗輝子は大きく息を吸い込む。すると噎《む》せ返るような花の芳香に包まれ、眩暈《めまい》を覚えるほどである。

「ささ、私のつまらぬ話は置いて、どうぞ花をご覧下さい」

青井は道子を急かす。道子は照れながら怜司に歩み寄る。

「ご一緒に、あちらのお花をご覧になりませんか」

怜司はこれもまた完璧な笑顔で応じ、道子に連れられるままに歩いて行く。

斗輝子は少し後ろに距離を置き、青井と並んで歩いていた。見上げた青井の横顔は静かで、一分の乱れも感じさせない。

「うかがってもよろしいですか」

「何でしょう」

「そのお父上の死にざまを見てなお、黒塚家に留《とど》まられたのは何故ですか」

青井は意外なことを聞かれたとでも言うように、目を見開き、続いて柔かく微笑んだ。

「父の代より更に以前から、我らは黒塚家のもの。奥方様亡きあと、残された若様と新たな後添えとなられる方をお助けするのが、私の務めだと、父よりかたく言いつかってございますので」

「そうですか……」

澱みのない青井の言葉に斗輝子は只、頷くしかなく、しばらく黙って花を見つめる。

その時、花壇の向こうに小さな戸を見つけた。埋もれるように在るその戸を見て、斗輝子は背後を振り返る。この庭園から洋館を見上げると、木々の狭間《はざま》に屋根が見えるだけだった。

「あの戸は何ですか」

「庭の手入れをする職人たちが出入りするために、先の奥方様が作られた戸です」

「鍵がかかるのですか」

「一応、簡単な錠前は取り付けてございます」

「夜会の日も」

斗輝子が問うと、青井はすっと表情を消し冷静な眼差しを斗輝子に向ける。

「お嬢様、何をお話しになっているのです」

声に緊張があるのが分かり斗輝子は手応えを感じた。何か隠されている気がする。

「あの浪人は、夜会の前に、封書を受け取っていたそうですよ。伯爵邸で開いている裏門のこと。庭のありようや、邸内の見取り図。どこに伯爵が座るかまで。そんなことまで知ることができたのは、この家の誰かと考えるのが妥当だろうと……噂を聞いたのです」

青井はゆっくりと口角を持ち上げて笑顔を象る。

「噂は噂です。先の奥方様の件だとて、皆さまがどうお考えかは存じませんが、我ら家人が何も言わねば皆噂をするだけのこと。不確かな噂に振り回されてはいけません」

青井は優しく諭すように言うが、斗輝子は腑に落ちない。それを感じ取ったのか青井は更に言葉を接いだ。

「もしも祈りや呪いで人を殺めることが叶うとしたら、あるいは私が殺めたのやもしれません」

斗輝子は意外な言葉に驚いた。

「貴方は、浪人が飛び込んで来た時、伯爵の前に立ちはだかられたと……」

「私どもは主に忠義を誓っております。そうあるべきと幼い頃から教え込まれて参りました。それゆえに、いざという時に、あのように振る舞ってしまう。しかしそれは本心とは限りません。私の身の内には或いは、殿を父の仇と恨む気持ちがあったやもしれませんね」

斗輝子は青井の真意を探るようにその顔を凝視する。

「呪いとは思いもしませんでした。もしも貴方が殺したというのなら、貴方が伯爵に毒を盛ったという方が、納得できます」

「なるほど。呪いや祈りより、確かな方法ですね」

青井は冗談ともつかぬ口調で、ははは、と軽く笑う。

「いずれにせよ、当家の主である黒塚伯爵の死は、病死でございます。そう、警察にも申し上げておりますよ」

青井はそれ以上の問いを拒むように空を見上げると、道子たちに歩み寄った。

「道子様、風が出て参りましたから、お戻りを」

青井の言う通り、不意に強い風が吹き付けてきた。木々が一斉に揺れて、ざわめき始める。灰色の重たい雲が分厚く垂れており、小さな雨粒がぽつぽつと落ち始めた。

「お帰りに難儀なさいますね」

青井は慌ただしく屋敷への道を辿り、家人らに馬車の支度を命じる。斗輝子も帰り支度を始めた。道子は残念そうにその様子を眺める。

「もう少しお話ししたかったのに、残念ですわ」

「今度は、千武家へ遊びにいらして下さいませ」

道子は満面の笑みを浮かべて頷く。

こうしてみると、道子はとても可愛らしい少女だ。だが、琴子の持つ何とも言えぬ妖艶《ようえん》さは、道子からはまるで感じない。叔母と姪の関係だが、それは年を経たからこそ醸し出されるものなのか、あるいは琴子だけが持つものなのか。それが分からなかった。

馬車に乗り込むと、斗輝子と怜司はしばらく無言のままだった。

思った通り雨は少しずつ激しさを増しており、早めに引き上げることにしたのは正解だと思われた。窓の外を見るともなしに見つめながら、青井の言葉を反芻する。

「家令の青井氏は浪人が来た折に、伯爵の盾になったと聞いていたけれど……。貴方は、どう思ったのかしら」

その行動の忠義とは裏腹の、複雑な胸の内を聞かされて、斗輝子は戸惑っていた。

怜司はうむと唸るように頷く。

「あの人は、本心は語りますまい。自制の塊のような人に見えました。間違っても、己の想い一つで動くような人ではない。しかし、誰かに命じられれば、何なりとするでしょうけれど……」

「貴方は、あの家令が犯人だと思うの」

斗輝子の問いかけに怜司は、さあ、と首を傾げた。

「まあ、お嬢様がお聞きになられた通り、確かに伯爵はお父様の主筋である先の奥方様の仇と思えばそうですが、それならばもっと以前にもできたはずですからね。それに奥方様の忘れ形見である若様の為を思えば、家名を守ることが大事でしょう」

「そうですね……」

先の奥方様の頃から仕えてきた青井を黒塚伯爵が家令として重用してきたのは、それだけ有能で信頼に足ると考えて来たからなのだろう。事実、家令としての振る舞いは完璧で、その上あの夜会でも、伯爵の盾となるべく動くことができる豪胆さもある。先の奥方様や、父のことでわだかまる思いはある。しかしそれはそれと割り切る冷静さもあるように思えた。

しかし、何かが引っかかっている。青井の態度を観察している中で、違和感を覚えたことがあったのだ。

「そう……妙だったのよ。あの家令が伯爵夫人を迎えに行った時に……」

「妙……とは、何がでしょう」

「伯爵夫人は黒塚家の女主人。伯爵が亡くなられ、ご子息が異国からの帰国の途上にある今、屋敷の中で最も尊ばれる方でしょう。しかし、女中たちは、夫人を呼びに行くこともなく、夫人がホールにいらしても、頭を下げる様子すらない。家令の青井氏自らが迎えに行き、青井氏としか話をしていなかったのが……妙な気がしませんか」

斗輝子は自らそう言いながら、改めて思い返す。

伯爵夫人の美しさに気を取られていたが、もしもあのような形で、千武家で伊都が現れたら、恐らく周囲は違う反応をしただろう。女中たちは彼女のために椅子を用意し、お茶を淹《い》れて出迎える。もしも、体調が芳しくないというのなら、付き添って連れて来て、部屋へも一人では戻さない。

だが、伯爵夫人はたった一人で立っていた。

しかし、怜司は、

「それぞれの家によって違うのかもしれません。気にしすぎなのでは」

と素気なく言って、それきり黙った。

馬車は走り続け、ほどなくして麻布の千武邸に辿り着く。

雨は激しさを増していた。

○

千武家の玄関先に警察官の大西が再び栄一郎を訪れたのは、雨が降り始めた頃だった。

応接間に通された大西は、栄一郎が部屋に入った時には座りもせずに直立不動だった。

「ああ、おかけ下さればよいのに」

栄一郎の言葉に、大西は生真面目に敬礼をし、踵《かかと》を揃える。

「いえ、本日は、お詫びに伺いました」

「詫び」

栄一郎は大西を横目に見ながらソファに腰かけて、再び座るように促すが、大西はそれを固辞した。

「黒塚伯爵の一件です。伯爵は、心臓に疾患を抱えていらしたということもあり、恐らくは突如、飛び込んで来た浪人に驚かれたのではないか……と。新しくご当主となられた隆明様が帰国の途上で電報を打たれ、死因は病死ということで、正式に認められました」

栄一郎は、ほお、と感嘆だけして見せる。

「つきましては先日、大変なご無礼をしたことをお詫び申し上げたく、参上した次第です」

深く頭を下げながら、大西は拳を固く握りしめていた。

大西は恐らく不服なのだろう。聞くだに黒塚伯爵の死は殺しの可能性が高い。しかし勲功のある華族の死である。遺族がこれ以上詮索《せんさく》してくれるなと言えば、警察としても手出しはできない。また、かつて千武総八郎が可愛がっていた書生の一人は、今、警察のお偉方に納まっている。そこで今回は詫びを入れるように命令が下ったのだろう。或いは祖父、総八郎がそうするように要請したのかもしれない。

栄一郎は大西の握りしめた拳と、下げられた頭を見ながら、ゆっくりと立ち上がり、大西の肩に手を置いた。

「貴方が、正義感から調べておられたのは重々承知しています。身分立場関わりなく、罪を憎む心意気を、むしろ私は高く評価しています。貴方のような方がいらっしゃれば、これからの大日本帝国の臣民は安心して暮らせるというものです」

大西は思いがけない栄一郎の励ましに、戸惑いながらも胸を打たれたように目を潤ませた。栄一郎は努めて紳士的にゆっくりと頷いて見せる。

「はい、以後も努めて参ります」

大西は敬礼する。

丁寧に玄関まで見送った栄一郎に、むしろ感激したような表情だった。栄一郎はその背を見送り、ほっと一息をつく。

「安い男だ」

そう呟いて、部屋に戻ろうとしたところで、後ろから富が足早について来た。

「若様、先ほど、届きました電報です。旦那様から御前に……」

「恐らく神戸での仕事のことだろう。私も目を通してお祖父様にお届けしますよ」

栄一郎はそれを受け取り、書斎へと戻った。

だが、その文面に目を通すとすぐさま書斎を飛び出し、長い廊下を渡っていく。

手に握りしめている電報の内容の意味は分からない。千武家の動きの全てを把握しているつもりでいた栄一郎だったが、父が神戸で何をしているのか、詳細には知らされていなかった。

祖父の部屋の前に立つと、声をかけるより先に襖がすっと開く。祖父の秘書である関口がいつものように控えていた。

「どうした」

祖父は部屋の隅に置かれた文机の前にいて、帳面に何か書きつけていた。

「神戸におります父から、電報が参りました」

祖父、総八郎は筆を置くとゆっくりと栄一郎を振り返る。

「何と」

栄一郎は電報を傍らにいる関口に手渡した。関口は目を通すとすぐに、総八郎に恭しく手渡す。総八郎は床の間を背にして脇息にもたれ、文面を確かめた。

無言の時に耐えかねて栄一郎はずいと膝を進める。

「そこに書かれているのは、何でしょう。コンギノケン　トトノフ　とは、一体」

「何だと思う」

総八郎は試すような目で栄一郎を見る。栄一郎は祖父のこの目が苦手だ。答えを間違えた瞬間、千武家の長男として失格の烙印を押されるのではないかという怖れを抱く。それでも何かを答えなければと思うが、ありきたりな考えしか浮かばない。

「私か、あるいは斗輝子の婚儀の件かと」

総八郎はふっと鼻で笑った。

「それはないよ」

総八郎は電報を関口に返すと、関口は早速破いて灰皿に入れて燃やす。その鮮やかな手際に栄一郎はしばし見入り、はたと我に返って祖父に、にじり寄る。

「教えていただけますでしょうか」

総八郎はそっと関口を見る。関口はすぐさま文机の傍らの文箱から封書を一通取り出し、栄一郎に手渡す。そこには一枚の写真と、肩書きを記した釣書が入っていた。

「村井源次郎《むらいげんじろう》……というと、うちと取引のある呉服商でしたか」

京都の老舗《しにせ》の呉服問屋で、元より宮中御用達の店として知られていた。昨今では、輸出用の華やかな色目の友禅などを取り扱うことで、千武との付き合いもある。地道な商いではあるが、着々と伸びている店でもあった。

「これは、八苑子爵令嬢の縁談だ」

「は」

栄一郎は頓狂な声を出した。

村井源次郎は確かに近頃羽振りの良い商人ではあるが、華族令嬢の嫁ぎ先と言えるほどの富豪ではない。

「まさか、八苑子爵がこんな話でご納得されるはずもありますまい。第一、あちらはご令嬢お一人です。華族に嫁がれるならまだしも……そもそも爵位はどうなさるのですか」

「子爵は爵位を返上なさるそうだ」

「返上」

栄一郎はしばらく絶句する。

「しかしそれは……」

爵位はいわば帝からの信頼の証と言われる。それ故にこそ、爵位をいかにして次代に引き継ぐかについては、明治政府において度々、議論が交わされてきた。明治三十二年の華族令改正案においては、養嗣子の条件として六親等内の血族であることが決められている。このところの貴族院では、更に「男系」の血族に限るとの要件が付け加えられる可能性が高まっていた。だからこそ、娘しかいない華族は、いまのうちにと、爵位を引き継ぐ者を探すことに奔走していた。

「八苑子爵家は公家の流れを汲む由緒正しき御家と聞いております。何としてでも引き継ぎたいのが本音ではございますまいか」

栄一郎の問いかけに、総八郎は渋い顔をして頷いた。

「そこまで追い詰められている……ということだよ」

再び総八郎は関口を見る。関口は今度は文箱から書類の束を取り出し、栄一郎に見せながら説明をする。

「ここに記されているのが、全てです。世襲財産となっている不動産や資産もほぼ、売却されております。うち一部は当家が買い取りましたが、それももう数年前のこと。既に底を尽きた頃でしょう」

世襲財産とは、ある条件を満たす不動産や美術品などで、華族としての体面を守るための資産である。それを売却することは制限されているが、暮らしが窮《きわ》まれば、指定を解除して売り払うことができる。八苑家はついに、それらさえ売り払ったというのだ。

そこには、いくつかの名器と呼ばれる茶器や、掛け軸、更に、山林の権利などを含め、千武家が買い取った経緯が記されていた。

「八苑子爵ご自身はもちろん、子爵の妹でいらっしゃる黒塚伯爵夫人からもご依頼があり、ご令嬢の結婚相手を探して欲しいとのことだった。その際の条件は一つ」

総八郎は、指を一本立てる。

「金に困らぬこと……だそうだよ」

栄一郎は総八郎の目を覗く。そこには、静かだが深く暗い光があるように思えて、思わず目を伏せた。

「金に困らぬと言って、華族にもおりましたでしょうに」

すると関口が静かに首を横に振る。

「もはやどなたも、あの借金に塗《まみ》れた家とは関わりたがらなくなっておりました。華族はもちろん、平民の中でも、敬遠される方はいらっしゃいました。何分、黒塚伯爵と縁続きでありながらのあの困窮。よほどの不興を買ったのではないかと、伯爵の顔色を窺っていた向きもございます。村井様とても、かなり躊躇されていたのですが、この度、ご返済する算段がついたと聞いて、ようやっと婚約のお話がまとまったのでございます」

「算段がついた……と申しますと、どのようにして、返済されるのでしょう」

「知りたいか」

総八郎の声は地の底から響くように聞こえた。千武家の根底にある澱《おり》のようなものが、そこに漂っているような心地がした。しかしそこで引いたら、祖父に侮蔑されそうで栄一郎は背筋を伸ばし、腹に力を込めた。

「知りとうございます」

総八郎は腕組みをして栄一郎をじっと見つめ、静かに満足そうに微笑んだ。

「黒塚伯爵が亡くなり、遺書に従って伯爵夫人が幾許かの資産を得ることになっている。それを更に実家である八苑子爵が譲り受けた形になるのだが……それを返済に充てられたのだ」

総八郎はそこまで言って、脇息に頬杖《ほおづえ》をつく。思っていたよりもありふれた話で、栄一郎は肩透かしを喰らったような気がした。

「伯爵から遺産を譲り受けたのですか」

「まあ、殆《ほとん》どがご嫡男に譲られるので、ごく僅かなものだがな。それでも、八苑子爵家の借金返済には事足りたようだ」

関口はゆっくりと首を横に振り、栄一郎に囁いた。

「八苑子爵家が得た不動産は、二束三文のものです。それを、返済に足りるよう、御前が買い取られたのです」

栄一郎はぐっと唇を引き結ぶ。祖父である総八郎のことを、孫として、又、実業家としてよく見て来た。千武総八郎という男は、情に厚いところもあるが、情だけで動くほど安くはない。ここでそれだけの上乗せをしたということは、少なからず利があるからだ。しかし、困窮する八苑子爵家を救済したところで、一体何が利になるのか、栄一郎には見当がつかない。

その時ふと脳裏に過るのは、黒塚伯爵の死だ。伯爵が死んだ時に、八苑子爵が近くに立っていたと聞いている。まさか、その殺害と引き換えにしたのではなかろうか。湧き上がる疑念を打ち消すように、自らの握りしめた拳の甲を見ながら、口を開いた。

「うかがってもよろしいですか」

総八郎は無言で先を促した。

「先ほど、警察の者が当家に参り、黒塚伯爵の死は病死であったことが正式に決まったと申しておりました」

「そうか」

「お祖父様は、あの日の夜、黒塚伯爵が亡くなられることをご存じだったのですか」

「病死の方の死を予見するなど、この私にできるはずもないだろう」

「斗輝子が申すには、三輪男爵などは、八苑子爵が毒を盛ったのだと話しているとか」

「あの御仁も大概、口が軽くていけない」

総八郎は冷笑交じりに言い放つ。栄一郎はその声音の酷薄さに一瞬、目を閉じる。そして深く息を吸い込み、吐きながら問いかける。

「お祖父様。私も千武の者です。その上で、知るべきことは知らねばなりません」

総八郎は脇息に預けた腕で頬杖をつきながら、顎を撫でる。目の前で手を突いている孫息子の様子を観察するように眺めていたが、やがて微笑んだ。

「一つだけ言うならば、我が千武は一切の罪に手を染めてはいない」

「は、え……」

栄一郎は思わず気の抜けた声を漏らした。だが、すぐさま総八郎は続けた。

「しかし、何も知らなかったわけではない」

やはり……と、栄一郎は思う。知りたくなかったが、隠されていたままでは身動きもとれない。栄一郎は真っすぐに祖父を見据え、その先の言葉を待った。

「黒塚伯爵ほどの御仁ともなれば恨みも買おう。その燻る恨みの炎に幾らか息を吹きかけたのは認めよう。しかしそれが何の罪になるか」

「息を、吹きかけた……」

栄一郎は事の真意を問うように、言葉を繰り返す。しかし総八郎は続けた。

「そも、罪とは何か」

不意に禅問答をしかけられ、栄一郎は、え、と問い返すしかできない。総八郎は、戸惑う栄一郎を暫し見つめてから、静かに微笑んだ。

「この件について、これ以上、何かを知ろうとするな。いずれ分かる時が来る」

総八郎は手を翳《かざ》し、栄一郎に下がるように示した。栄一郎にしてみれば、疑念は深まるばかりで答えは見えていない。だが、既に総八郎は栄一郎から目を逸らし、さっさと文机についていてしまった。

「若様」

関口に促され、栄一郎は祖父に一礼をして下がるしかない。部屋を出るとすぐに、関口によって襖は閉ざされてしまった。

長い廊下を歩きながら考える。黒塚伯爵の死に対して、罪は犯していないが、無関係ではないとはどういうことなのか。

黒塚伯爵とは、事業においての利害があるのは承知している。しかし、八苑子爵とは、まるで関わりはない。そのような華族がいることさえ、これまで殆ど知りもしなかった。それなのに令嬢の結婚の世話をし、資産の一部を買い取るまでしている。

「一体、何が……」

洋館に渡ってから、栄一郎はふと和館の方を振り返り、茫然と立ち尽くしていた。

「お兄様」

声に顔を上げると、斗輝子と怜司が書斎のドアの前に立っていた。

「早かったのだね。黒塚伯爵邸に行っていたのだろう」

栄一郎は平静を装い、声を張る。

「ええ。ただ、生憎《あいにく》とこの雨でしょう。少し早めに失礼したのです」

そうか、と返事をしながら、栄一郎は書斎のドアを開く。

「お兄様、どうかなさったの。お顔の色がすぐれませんけれど」

「いや、気にしないでくれ。それよりも斗輝子。台所へ行って、何か茶菓子でも持って来てくれないか」

「あ、はい」

斗輝子はそのまま踵を返して書斎を出る。栄一郎は机につきながら怜司に問いかけた。

「怜司君、ところで調べてもらっていた件は、どうだろうか」

「まだ、八苑子爵にお会いできていないので、何とも申せませんが、これまでの話をかき集めてみますと、恐らくは八苑子爵が手を下されたのではないかと……」

そして怜司は後ろを振り返る。

「お嬢様に席を外させたご様子ですが、むしろ僕よりもお嬢様の方が詳しくご存じですよ」

「全く、お転婆も大概にして欲しいものだ」

苦笑を浮かべる栄一郎を見つめていた怜司は、険しい表情で声を潜めた。

「これ以上は、探らない方がよろしいかもしれません」

「……それは何故かな」

「警察は既に捜査を止めているようですし、更に真実を暴いたところで、恐らくは誰も得はしますまい」

栄一郎は頬杖をついて怜司を探るように見つめる。

「君は、お祖父様とは随分、近しくしているようだが、お祖父様に止めるように言われたのかい」

怜司は怯むことなく微笑む。

「穿った見方をなさいますね。僕が思うに、御前はあの夜会で何かが起きることは知っていた。しかし、それが何で誰が何をしたのかまではご存じなかった。違いますか」

栄一郎は、ふっと自嘲するように笑い、椅子の背もたれに体を預けた。

「なるほど、君は炯眼《けいがん》だ。お祖父様が贔屓なさるだけのことはある」

怜司は肯定も否定もせず、言葉を接いだ。

「まあ、現状、恐らくは八苑子爵が犯人です。ただ、その真の目的が分かりません」

栄一郎はため息をつく。

「金だそうだよ」

「金……ですか」

「そうだ。八苑子爵令嬢が、嫁ぐ前に借金の返済を……」

その時、ドアがノックされて開く。斗輝子が入ってきて、続いて女中が盆に載せた紅茶とクッキーを載せた皿を持って入る。テーブルにそれらが並ぶ僅かな間、カチャカチャという食器の音だけが響いていた。栄一郎が机からテーブルに場所を移し、三人はソファに腰を下ろす。女中が下がってからも、暫く沈黙が続いていた。やがて斗輝子がティーカップを置くと共に口を開く。

「お兄様……今、八苑子爵令嬢が嫁ぐ……というお声を耳にしました」

「盗み聞きは感心しないね」

「お輿入れ先が決まられているのですか」

「ああ……。当家とも付き合いのある商家だよ」

「商家……華族の方ですか」

「いや、最早、爵位を返上されるそうだ。先ほど電報が届いてね。神戸においでのお父様が、お話を纏められたそうだよ」

「……そうですか」

「八苑子爵はご病気と聞いている。子爵令嬢は一人娘だとか。無理に養嗣子を迎えたり無爵の女戸主となるよりも、重荷を負わぬ身軽な平民としてお暮らしになることを願われているのだろうね」

暫くの沈黙が続いた。

栄一郎はゆっくりとした所作で紅茶を一口飲むと、割り切れぬ様子の妹を見つめた。

「斗輝子」

「はい」

「もう、探偵ごっこはおやめなさい」

斗輝子は隣に座る怜司を睨む。この書生が告げ口しなければ兄に咎められることなどないのだ。しかし、怜司は素知らぬ顔で正面を向いたまま、斗輝子を見ようとはしなかった。

「しかしお兄様、恐らくそう遠からず真相は……」

「やめなさい」

栄一郎の口調はやや強さを増した。

「そもそも、当家の疑いを晴らしたくて始めたことだ。警察も捜査を止めたのなら、もはや、徒労だよ。それに、人様のお家の事情とやらに首を突っ込むのは、流石に悪趣味だ。いいね」

栄一郎はそう言うと、それきり口を噤んだ。斗輝子は、はい、と渋々頷いた。

「少し、やらねばならない仕事があるんだ。一人にしてもらっていいかな」

栄一郎は忙しなくソファを立つと、机について眉を寄せ、斗輝子たちを拒絶するように黙った。その空気に圧されるように斗輝子は立ち上がる。

「はい、では失礼を」

斗輝子に急かされ怜司も立ち、静かに頭を下げて部屋を出て行った。

たった一人になった栄一郎は、天井を見上げる。

祖父が時に、法さえ犯し、商売敵と相争っていることは知っていた。しかし、それをこうして間近で見ていると、そうした闘いの只中に己が立っていることに恐れを覚えた。

「そも、罪とは何か」

祖父が投げかけた問いを口にしてみる。栄一郎は再び背もたれに寄りかかり、目を閉じた。

○

昨日から降り続く雨が、軒先を濡らしていた。

八苑子爵邸は高輪《たかなわ》にあった。かつては旗本屋敷として使われていたその屋敷を、改装することなく、ほぼそのままの形で住まっていた。

八苑重嗣は殿の寝所として使われていたであろう部屋に置かれた舶来のベッドでた

め息をついていた。部屋には一面、絨毯が敷き詰められ、大きな屏風《びょうぶ》を枕辺に置き、柱時計が規則正しい音を刻んでいた。

重嗣の視線の先には、縁側から外の雨を眺めている黒いドレスをまとった黒塚伯爵夫人琴子の姿があった。

琴子は縁から離れて部屋の中へと足を進め、ぐるりと見回す。

「この屋敷に参りますのも、もう二十年ぶりでございますね。花嫁衣装を着て出て以来、今は喪服でございますが……」

「喪中にわざわざ来なくとも」

ベッドから半身を起こした重嗣はか細い声で問いかける。

「病床の兄を見舞うのに何の理由が要りましょう。道子さんを送るついでです」

琴子の言葉に、重嗣は何かを言いかけて激しく咽《む》せる。琴子は慌てる様子もなく、枕辺に置かれた水差しから水を汲み、湯呑みを差し出す。重嗣はそれを受け取って飲む。

「道子は何処に」

「今は、女中頭のお杉《すぎ》さんとお話ししておいでですわ」

「ご迷惑をおかけした」

琴子は枕辺の椅子に腰かけ、頭を下げる重嗣をしみじみと眺める。

「初恋なのでしょうか。千武家の書生さんをお招きになられて、楽しそうに話しておりましたわ」

重嗣は顔を上げると目を見開いて琴子に向かって身を乗り出した。

「千武の書生というのは、先日の伯爵邸の夜会に来ていた、あの書生か」

「おお……怖いお顔ですこと。恐らくそうでしょうね。血は争えませんね」

揶揄するような口調で琴子が言う。重嗣は顔色を失い、布団を握りしめたままで身を乗り出した。

「あれは、あの書生は、誰だ」

重嗣の問いに、琴子は首を傾げる。

「さあ。存じません。千武家の書生で、影森怜司とか申しておりましたよ」

「知っているのだろう。仕組んでいるのか」

「何をお尋ねになっているのか存じませんが、私は本当に知らないのです」

「その書生とやらを、道子に近づけて下さるな」

「似ていますものね」

琴子の声は冷たく響く。苛立つ重嗣が琴子に摑みかかろうとすると、琴子は椅子から立ち上がり、身を躱《かわ》した。

「そんなにも気がかりでいらっしゃるのなら、道子さんを縛り付けておけばよろしいのです。さすれば迷惑もございますまい」

重嗣は再び咳込むが、今度は琴子は水を差し出しはしない。琴子は縁側に近づくと、雨の降る空を見た。

「先日、道子さんは小鳥を逃がしてしまわれたそうですね」

不意の話に重嗣は眉を寄せる。確かに、昨年、人からいただいた文鳥を鳥籠から逃がしてしまったことがある。

「鳥籠に閉じ込めておくのが可哀想な気がしたと、言っておりました。私なぞからすると、いっそこの雨空の下、烏《からす》に怯え、エサもなく飛ぶほうが憐れに思われますが、お兄様はどう思われますか」

「何が言いたい」

「貴方は、道子さんは大切であっても、妹が幸せかどうかは、一切、お気になさらないのですね」

「そんなことはない。私なりに案じている」

気色ばむ重嗣に対して琴子は、ほほほほ、と高らかな笑い声を立てた。

「子爵位を返上なさるとうかがいました」

「ああ……継ぐ男子もいない。やむをえん」

「身売りをした私も、何の意味もありませんでしたからね」

「すまなかったと思っている。だから私は……」

「心得違いをなさらないで下さい」

重嗣の言葉の先を遮るように、琴子が強い口調で言い放つ。

「私はただ、貴方にお手紙を差し上げただけ。貴方が何をなさったかは、私の与《あずか》り知らぬことです」

重い沈黙が続き、雨の音だけが響いていた。琴子は大きなため息を一つつき、そのまま部屋を出て行こうとした。

「待ってくれ」

重嗣は声を張り上げた。そのままベッドから滑り落ちるように下り、床に膝、更に両手をつき、深々と頭を下げる。

「道子のことを頼む」

土下座する重嗣を、琴子は静かに見下ろし、白けた表情でため息をついた。

「私のことを何だと思っていらっしゃるのかしら」

冷ややかな声と裏腹に琴子はそっと重嗣の傍らに歩み寄り、肩を支えて顔を上げさせる。縋るように見つめる重嗣の視線の先で、整った顔に作ったような微笑を張り付け、重嗣の背をさする。

「兄の娘のために尽力してこそ、伯爵夫人としての格も上がりましょう。病の兄を、虐《しいた》げて楽しむとでもお思いですか」

重嗣は、力ない子どものように、ふるふると左右に首を振った。

「そうではない……ただ、貴女に詫びたい」

「この期《ご》に及んで」

冷笑交じりに琴子は言い放ち、ゆっくりと立ち上がる。

「貴方はこれまで、私を人だとすらお思いではなかった。だから怒ることも悲しむこともないと思っていらした。けれど私もまた、人だと気付いたことで、私の恨みや憎しみを恐れるようになった。それで慌ててそんなふうに、詫びたり悔いたりなさるのでしょう」

琴子は自らの手のひらをじっと見つめ、それを固く握りしめる。

「私は生まれてこの方、己の人生を己の手で動かしたことがありませんでした。いつも他人の掌の上で好き勝手に操られてきた。けれど今、こうして私は私の人生を手に入れた。してみると今更、貴方への復讐などという下らぬことに時を費やす暇はないのです。ご安心なさいませ」

琴子は更に何かを言おうとする重嗣を置き去り、襖を開く。

すると襖の前には、六十を過ぎたくらいの老年の痩せた女が、紺色の紬《つむぎ》を着て座っていた。八苑子爵家の女中頭の杉だった。

「お杉さん」

琴子は驚いたように軽く身を引く。杉は暫くじっと琴子を見つめ涙ぐむ。しかし何も言わずに深々と琴子に頭を下げた。琴子は杉から目を逸らして一つ咳払いをした。

「女中が足りないようでしたら、伯爵家からこちらに寄越しますよ」

杉は袖で目頭を拭うと、声を震わせる。

「ありがとうございます、伯爵夫人。お姫様《ひいさま》のお輿入れが決まりましたら、諸々お支度でお手をお借りしたいかと存じます」

「分かりました。道子さんにご挨拶して帰りますわ」

琴子は杉を押しのけて部屋を出る。杉はその後について行った。

重嗣は床に座り込んだまま、一人、部屋に残された。重たい体を引きずりながら、寝台に上る。枕に頭を預けると、まるで泥の中へ沈んでいくような心地がした。天井の木目がさながら無数の虫が蠢《うごめ》いているかのように見え、眩暈を覚える。

「どこで間違えた……」

呻くように呟いた。

順風満帆な人生とは言わない。八苑家を父から継いだ時には、既に借金を抱えていた。その先代が亡くなったのが、妹の琴子を嫁がせた翌年のこと。死んだ瞬間、小躍りして喜んだのを覚えている。

八苑子爵重嗣の父は、東京に首都が移転すると共に、京から移り住んだ。

公家とは名ばかりで、元々、三十石あまりの宮廷行事の御支度係に過ぎない一族だった。東京の人と交わることを嫌いながらも、媚びる骨董商から物を買うことだけで、世の中と繋がっていた。華族令が出ることになり父ははしゃいでしまったのだ。名器と呼ばれる器集めに奔走するようになり、

「これらは全て帝の御為《おんため》」

という胡散《うさん》臭い骨董屋の口車に乗せられた。見栄を張って、高値の品でも惜し気もなく買い求め、借金は膨らんでいった。やがて、見かねた骨董商の一人から楽に稼げると教えられた賭博に通いつめるようになり、家は瞬く間に崩壊の危機に陥った。更には観賞用として高値で売れると怪しげな連中に唆《おも》されて、万年青《おもと》づくりに凝り始め、それを育てるためにまた、金をつぎ込むようになっていた。

何とかして家を立て直そうと奔走したが、資金繰りに困った公家上がりに金を貸すところなどありもしない。

「美しいご令嬢がいらっしゃるのなら、いくらでも方法はおありでしょう」

どこの誰だか忘れたが、下世話な口調で言った男の言葉が耳から離れなかった。まさか、身売りさせるわけにはいかない。しかし、金回りの良い男に嫁がせて、親戚筋になれば、少しは家も浮かばれると思った。

夜会に連れ歩き、見初《みそ》めて声をかけてくる男たちを品定めした。氏素性から金回り、全てを確かめていたところに、伯爵として羽振りの良い黒塚隆良が、琴子に興味を持ったと聞いた。

これ以上はない縁だと思い、必死で話を繋げることにした。

重嗣は、妹の意志などというものにはまるで興味がなかった。人形のように美しかった妹は、その心もさながら人形のように、何一つ主張するということがない。

「はい、お父様。はい、お兄様」

という以外の声を聞いたことがなかった。

あの、鹿鳴館の夜会までは。

あの夜、どこの者かは分からない一人の青年が、琴子の手を取って踊った。その青年は、偶々《たまたま》居合わせたという様子ではなかった。それは帰途の馬車の窓から見た、あからさまに挑発するような礼を見れば明らかだった。

あの男は何者だったのだろうか。

帰ってからも、心ここにあらずといった様子の琴子が、下手な真似をしないように、重嗣は注意を払った。既に使用人の数もかなり減らしていたのだが、それでもまだ数人がこの家に留まっていた。

「もしも、若い男が訪ねて来ても会わせてはならない。また、琴子を一人で出歩かせてはならない」

琴子のお付きの女中であった由紀《ゆき》という少女には、特に重々言い含めていた。

あの頃のことを思い返すと今でも胸が苦しい。妹の泣き顔に戸惑い怯え、伯爵の力に怖れを抱き、混沌の中に漂っていた。今となっては昔と思いたいがそうではないのだと、琴子に思い知らされた。

「御前」

不意の声が虚《うつ》ろな耳に届く。女中頭の杉が襖を開けて入ってきた。

「お加減はいかがですか」

杉は重嗣の枕辺の水差しを替え、布団を直した。重嗣は再びゆっくりと体を持ち上げ、激しく咳き込んだ。

「御前」

杉の手が、その背をさすった。

幼い頃から自分の面倒を見てくれた乳母の杉は、いつしかこんなに老いている。自分もまた、若く颯爽《さつそう》とした青年貴族であった時代からは程遠く、零落華族として命を落とすのは、そう遠くはない。

「杉、道子はどうしている」

「大人しくなさっておいでです」

重嗣は杉の手を引き離す。

「私のことはいい。道子の傍にいてくれ」

「御前」

杉は重嗣の手を取った。

「ご安心なさいませ。今、別の女中がお姫様のお傍に控えてございますから」

重嗣はため息をついて、項垂れた。

「伯爵夫人はどうなさった」

重嗣の問いに杉は一瞬の躊躇の後に、はい、と応じる。

「伯爵夫人……は、先ほどお帰りになりました」

杉は伯爵夫人という言葉を、苦いものでも口にしたかのように顔を顰めて吐息する。

「私も、お会いするのは二十年ぶりでございました。すっかり変わってしまい……懐かしくも、寂しくもございます」

二十年前、伯爵の元に入ったきり、一度として里下がりすらしたことがなかった。

二十年、あの邸の中でどのような暮らしをして来たのか知る由もない。伯爵の傍らにはいつも若い妾が入れ代わり立ち代わり侍っているばかりで、伯爵夫人のことなど周囲も忘れ去っていた。ただ、この家の中で重嗣と杉だけが、その身を案じて暮らしてきた。

「ご苦労をなさったことと存じます」

杉もまた、送り出したことに心苦しさを感じて来たのが伝わる。

「育てたそなたから奪い、申し訳なかった。しかし、私にはこの道しかなかった」

重嗣は唇を嚙みしめる。杉は滅相もない、とか細い声で呟き、首を横に振る。

「あとはただ、道子のことが気がかりなのだ……愚かな父を持ったあの子には申し訳ない。杉しかもう、頼れる者はない」

「愚かなどと仰せにならないで下さいまし。私は幼い頃から御前を知っております。美しいものを見極め、風流を解する、素晴らしい若君でいらした。その気質は、お姫様にも受け継がれてございます。伯爵夫人もお姫様にお会いになられ、可愛らしい方だとおっしゃって下さいましたよ」

重嗣は、杉の細い骨ばった手を縋るようにぐっと強く握った。

「私はどこかで間違えたのだ。妹を……失ってまで守ったものさえ、こんなふうに失い、今また、娘の行く末さえあやふやなままだ」

杉は首を横に振る。

「伯爵夫人は、お姫様のことはしかとお世話するとおっしゃって帰られました。ご安堵なさいまし」

「道子を頼む。あの子にはせめて……」

浮かされたように同じ言葉を繰り返す重嗣を、杉は慰めるように肩を抱きしめる。

「杉がお姫様のお側に必ずついて参ります」

重嗣は何度かゆっくりと呼吸をくり返してから、ようやく安心したように微笑んで、縁側へ目をやった。

前栽《せんざい》は職人を入れることさえ間遠になり、春の雨の下で生い茂っていた。そこに置かれた棚には、先代が憑かれたように集めていた万年青の鉢がずらりと並んでいる。その青々とした様を見ながら、重嗣は身の内に微かな震えを覚える。

「貴女にも、苦労をかけた」

杉は頭を横に振る。

「業は全て、私が背負って参ります。御前はお心安らかにいらして下さいませ」

「違う。罪は私のものだよ。それは背負わせておくれ」

「御前」

杉が言い募ろうとするが、重嗣は枕に頭を沈めて目を閉じる。

「少し、休みたい」

杉が障子を閉めて、部屋の外へ出て行くと、再び静寂が下りてきた。

「お父様は、私に毒だけを残しておいでになられた」

雨音を聞きながら、誰もいない部屋の中で重嗣は一人呟く。万年青には毒があると、幼い頃から知っていた。その毒の作り方に至るまで、父は熟知していた。最期にはその毒の精製方法を杉など古参の家人にまで教えては、

「いざとなればこれも売れる」

などと、埒《らち》もないことを言っていたという。

「私に、お任せ下さればよいのです。御前は何もご存じない方がいい」

杉はあの夜会の日、白い粉を重嗣の手に握らせて送り出した。

目を閉じると、鮮やかに蘇《よみがえ》る夜会の風景。

突然に乱入した浪人に衆目が集まった隙に、さながら浪人から逃げるかのように椅子の陰に隠れ、黒塚伯爵のグラスに粉を入れた。

浪人を睨んでいた伯爵が一息ついたようにグラスに手を伸ばした時は足元から震えがかけのぼった。胸元を押さえて喘ぎ始めた伯爵が、傍らに立つ自分を睨んだように思えた。周囲の目は浪人の捕物を終えた若者に注がれており、伯爵の苦しみを誰一人

目にしてはいなかった。呻くその様を見ている時、ようやく呪いから解き放たれるような心地がしていた。しかし伯爵が動かなくなった途端、恐怖が押し寄せた。

だが、もう引き返すことはできなかった。重嗣はそっと椅子を離れ、伯爵から視線を外した。人ごみに紛れながら、捕物の場に至ると、娘の道子が蹲っているのが見えた。そして、そのすぐそばに燕尾服の若い男が立っていた。

時間が止まっていたのかと思った。

その男は、二十年前の鹿鳴館で見た男に似ていたのだ。妹の手を取って踊り心を乱したあの青年が再び現れたのかと思うほどだった。

「歯車はあの頃から狂っていたのだ……」

手にしていたものが何だったのかさえ分からず華族としての地位を維持することだけに奔走しているうちに、色々なものが失《う》せて行った。こうして、爵位を返上すると決めたことで、これほど楽になるのなら、もっと以前にそうすれば良かった。

重嗣は雨音を聞きながら、悔いと空しさが波のように押し寄せるのに任せ、ただ天井をじっと見つめていた。

○

八苑子爵邸の車寄せに、一台の馬車が着いた。降り立ったのは、千武家の女中八重である。一緒に乗ってきた令嬢、斗輝子を振り返る。斗輝子は、華やかな吉祥《きっしょう》模様の振袖に、風呂敷包みを抱えて降り立った。

「八苑子爵令嬢道子が嫁ぐ」

その話を期せずして兄から聞かされて以来、お祝いするべきことではあるのだが、手放しで喜べる縁でもなさそうに思えた。だが、女中頭の富は、千武家からお祝いを届ける話になっているという。

「お嬢様がいらしていただけるのでしたら、そうしていただきましょう」

富に言われて、斗輝子は八重と共に八苑子爵邸へと赴いたのだ。

八苑子爵邸は、千武男爵邸に比べてかなり質素な佇まいであった。古びた武家屋敷の門をそのままに、内装も殆ど手を加えられていない。広さは十分にあったが、庭の手入れは行き届かず、あちこちに雑草が生えていた。

「ようこそ、おいで下さいました。当家の女中頭で杉と申します」

出迎えてくれた杉は、白髪で痩せていたが、威厳と気品があった。

「このたびは、おめでとうございます」

「有難うございます。こちらへどうぞ」

導かれたのは、武家屋敷のまま残されている広間である。床の間を配したその部屋は、清潔に整えられていた。軸には美しい万年青の絵が描かれており、落款があった。

「お軸は、どなたのお作なのですか」

「亡き先代の作でございます」

「道子様のお祖父様ですか」

「さようでございます」

斗輝子は改めて絵を眺めた。それは、緑青《ろくしょう》の色も鮮やかに、西洋式に陰影をつけながら、花鳥画のような風情も残す、逸品と言えた。

先の当主は趣味人として名高く、それゆえに身代を潰したと言われているが、なるほど腕の確かさは疑いようがなかった。

「少々お待ち下さいませ」

杉は頭を下げると、奥に道子を呼びに行った。

斗輝子は杉が遠ざかったのを見てから隣に控えている八重に近づいた。

「やはり、影森怜司も連れてくるべきだったかしら」

「何故、そんなことを」

「だって、道子様はあの書生を気に入っているのですから。折角なら、ご挨拶させた方がよかったのではないかと思ったのよ」

八重は呆れたように聞こえよがしなため息をつく。

「仮にも、ご婚約がお決まり遊ばした子爵家のお姫様のところに、書生の男子を連れてくるなどという不心得をして、もし万一に間違いでも起きたとしたら、お嬢様はいかがなさるおつもりですか」

「だからと言って、隠すこともないでしょう」

出がけに怜司がどこかから屋敷へ戻って来た折、出かける斗輝子たちを見かけて声をかけてきた。

「どちらへ参られるのです」

「銀座へお買いものに」

と八重は答えた。隠すこともないのに、慌てた様子で嘘をついたので、怜司はややからかうような口ぶりで、

「お気をつけて」

とだけ言っていた。恐らく嘘だと分かっているのだろう。

「まあ、あの書生を欺くためにもこの後、銀座に一緒に行きましょうか」

斗輝子の提案に、八重は満面の笑みを浮かべた。

「よろしいのですか」

「仕方ないわ。ああ言ってしまったのに、手ぶらで帰ったのでは、訝しむかもしれませんから」

八重は、はい、とはっきりと返事をした。どうやらはじめからそのつもりもあったようだ。

「それにしても全く、気をまわしすぎですよ。あの書生と道子様の間に、間違いなどあるものですか」

八重は生真面目な顔をして首を横に振る。

「この度の縁談は、道子様にとって望ましいものかどうか……自棄《やけ》を起こされたらどうなさるんです。そういうことを取り仕切るのも、女中の務めです」

八重はぐっと胸を張る。

「でも……」

斗輝子が反駁しかけた時、衣擦れの音が聞こえた。八重は斗輝子の背を軽く叩き、静かにするように促した。

縁側に開かれた廊下から道子が現れた。

「斗輝子様、わざわざ有難うございました」

道子は深々と礼をする。明るい薄紅の振袖が、道子の愛らしい顔によく似合う。

「この度はおめでとうございます」

斗輝子は形式通りの挨拶をする。斗輝子が顔を上げると、道子は眉を下げ、口元にだけ寂しげな笑みを浮かべていた。

「色々と、急にお話が動いたものですから、疲れてしまいまして……」

斗輝子は道子の顔を窺う。

「いつ、お決まり遊ばしたの」

「先日、斗輝子様たちと、黒塚伯爵邸でお茶会をした翌日、父から聞きました。ずっと、お話を進めていらしたそうで……私だけが知らなくて」

道子は俯きがちに言う。やはり兄が電報を受けてすぐ話が動いたのだと斗輝子は思った。道子は気を取り直したように顔を上げて立ち上がる。

「斗輝子様も、お連れの方も、私のお部屋にいらして。いいでしょう、お杉」

控えていた杉は、はい、と言って静かに頭を下げる。斗輝子と八重は、道子に導かれるまま、廊下を渡った。

道子の居室は、武家屋敷の奥の間である。天蓋のついたベッドの他、伝統的な漆器の鏡台が置かれていた。

「大分、行李《こうり》に詰めてしまったのだけれど、まだ片付けきれていなくて」

道子は箪笥の傍らに腰を下ろす。斗輝子もそれに倣って座ると、八重はその少し後ろに控えていた。

「召し上がって」

差し出された菓子鉢の中には、淡い色の綺麗な落雁《らくがん》が入っていた。食べながらふと、道子を見ると、まるで放心したように空を見つめている。

「道子様」

斗輝子が声をかけると、はっとしたように顔を上げるが、その顔には疲れが見えた。

「ごめんなさい。何だか、ぼんやりしてしまって」

「私にはお気遣いなさらないで。大丈夫ですか」

案じる斗輝子の言葉に、道子は微笑みを作ろうとして失敗し、唇を噛みしめる。そして、次々に大きな目から涙が零れ落ちた。

「ごめんなさい……私としたことが」

斗輝子は首を横に振り、道子の方へ膝を進め、その手を取った。道子は堪《こら》えきれぬように、声をあげて泣く。

「私……怖くて……」

道子は声を震わせた。

「お父様の病は篤《あつ》くなるばかり。爵位まで返上するとおっしゃって、八苑家はもう、終わりです。その上、京都の商家へ嫁げと言われ……」

道子は声を震わせながら、言葉を接いだ。

「当家は京の出だとは申せ、私は東京で生まれ育って参りました。東京の外の土地を知りません。商家の習わしも知りません。どんな方が夫となられるのかも知らず……」

斗輝子は道子の肩を抱く。道子は斗輝子の肩に額を預ける。

「お父様にご心配をおかけするわけにもいかないのですが……怖くて仕方ないのです。お父様が私に、良かれと思ってくださっていることは知っているので……信じて行くしかないのですけれど……」

ひとしきり弱音を吐いて少し落ち着いて来たのか、道子はゆっくりと息をすると袖で目頭の涙を拭った。

「ごめんなさい。斗輝子様のお祖父様にも、この度の結婚についてはご尽力いただいたと聞いているのに……」

「いいえ、不安で当然ですわ。何か、私にできることがあるようでしたら、何なりとおっしゃって」

道子は寂しげに微笑みながら俯いた。

「もし、叶うのでしたら、遠く離れても、お友達でいらして下さい」

「もちろんです」

「ありがとうございます。心強いです」

道子は照れ笑いと共に傍らの箪笥から一つの箱を取り出した。

「何か、思い出に差し上げられればと思ったのだけれど……」

箱を開くと、そこには簪や櫛、帯留めやブローチなどが入っている。

「このブローチはいかがかしら」

それは蝶を象った繊細な銀細工だった。

「まあ、素敵。でも、道子様がお使いになればよろしいのに」

道子はゆっくりと首を横に振る。

「私の嫁ぎ先は、呉服問屋です。恐らく、洋装をすることもあまりなくなるでしょう。ブローチなど、着ける機会もなくなるでしょうから、斗輝子様がお使い下さるのなら、その方が良いのです」

そう言うと、斗輝子の手にブローチを握らせた。そして、その中からもう一つ、淡い若緑のリボンを取り出すと、斗輝子の後ろにいる八重に差し出した。

「私までよろしいのですか」

「ええ。お似合いになるわ、きっと」

八重は斗輝子を窺うように見た。斗輝子は黙って頷いた。

「……では、頂戴します」

八重はリボンを手に取ると、嬉しそうに顔を綻《ほころ》ばせた。道子はその様子を眺めて満足そうに頷くと、そっと箱を閉じた。

「待って」

斗輝子は道子に声をかける。

「どうかなさって」

「その箱を、見せていただけるかしら」

道子は首を傾げながら斗輝子に向かって箱を差し出す。箱の蓋は象嵌《ぞうがん》で水仙の花が描かれていた。その時ふと斗輝子の脳裏に怜司が持っていた帯留めが浮かんだ。

「水仙、お好きなのかしら」

「ああ、これは、叔母様のものなの」

「叔母様……というと、黒塚伯爵夫人ですか」

「このお部屋も、元はと言えば叔母様のお部屋なのです。だからほら、ご覧になって」

道子は欄間《らんま》を指さした。そこには、水仙の花が彫り込まれていた。

「お祖父様がこの屋敷に参りました折に、欄間を叔母様のお印である水仙に変えたのです。叔母様が嫁がれて、私が使うようになったのですが、欄間はそのままで」

「叔母様のお印が、水仙のお花……」

確かめるようにくり返す。水仙の意匠などそれほど珍しいものではない。偶然にすぎないことなのに引っかかった。

「まさか……ねえ」

そもそも、伯爵夫人は生きている。怜司はあれを母の形見と言っていた。何のつながりもないことを無理に結びつけようとしている自分がどうかしているのだ。

するると、不意に縁側に杉が姿を現した。

「失礼いたします。ご確認をお願い申し上げてよろしいでしょうか」

斗輝子は八重と顔を見合わせて頷いた。

この日、八苑邸を訪れたのは祝いのためだけではなかった。受け取るものがあるので、それを確かめてくるよう、富から言われていた。

斗輝子と八重、道子の三人が杉に先導されて向かったのは、庭にある一つの蔵だった。白く漆喰《しっくい》に塗り固められた蔵の戸は、何重にも鍵がかけられており、杉は丁寧に開けていく。開かれた扉の中からは微かな黴《かび》の臭いと共に、防虫香の匂いがしていた。

「この中のお道具を、千武男爵にお譲りさせていただくお話になっております。そちらをお持ちいただければと存じます」

杉は、そう言い置くと、中へ足を踏み入れた。一階部分に置かれていた木箱に入った茶器などの数々を、次々に床に並べて行く。

「これを、全て当家で引き取ることになっているのですか」

床一面に並べられたお道具を見ながら、斗輝子が声を上げる。杉は、丁寧に箱を並べながら斗輝子を見上げ、微かに微笑んだ。

「はい。既に価値の高いものは凡《おおよ》そ売り払っており、これらはさほどの品ではございません。しかしながら千武男爵には、お心遣いいただきまして、お蔭さまでお姫様のお支度も滞りなく整えることができます」

斗輝子が更に言葉を接ごうとすると、その袖を八重が引いた。斗輝子が八重を振り返ると、八重はただ黙って首を横に振る。

「あとは、私にお任せを」

と、八重は小声で言った。杉はパンと手を叩く。

「さ、早く」

八苑邸の女中たちは、何の感情も表さず、ただ黙々と作業に勤《いそ》しむ。箱を一つ一つ丁寧に、玄関口に置かれた大八車へと積んでいく。八重もその作業に加わり、斗輝子と道子は手持無沙汰になってしまった。

「広間の方へ、戻りましょうか」

道子の気遣いに、斗輝子は黙って頷いた。

しばらく廊下を行くと、途中、一つの部屋から激しく咳き込む声が聞こえた。

「お父様」

道子が慌てたように、声のする部屋へ廊下を走る。斗輝子も道子の後に続いた。

「お父様、大丈夫ですか」

「ああ、道子」

声が聞こえ、斗輝子はそっと部屋の中を覗く。痩せた男が一人、ベッドから身を起こしていた。

「これは……千武男爵家の斗輝子様ですか」

「はい」

部屋に入るのは躊躇われ、廊下から答えると、八苑子爵重嗣は、慌ててベッドから下りようとした。

「いえ、そのままで」

斗輝子がそれを制すると、重嗣はそっと枕に背を預けた。

「お見苦しいところをお見せして……。この度は、千武男爵には色々とご尽力いただきまして、ありがとうございました」

重嗣は深々と頭を下げる。斗輝子は、

「いえ……」

と言ったきり、次の言葉が出ない。

先日の夜会の時よりも更に痩せている。白い肌は道子によく似ており、顔立ちも品が良い。ただ、その目には生気がなく、思ったよりも病が重いように思われた。

せめて見舞いの言葉を言おうと斗輝子が逡巡していると、廊下の向こうから、足袋《たび》で滑るようにこちらに向かってくる足音がした。

「お嬢様。何をなさっているんですか」

襷がけをした八重は咎めるように声を上げてから、斗輝子の視線の先にいる重嗣に目を留めた。

「お付きの女中さんかな」

八重は恐縮して頭を下げた。

「ご無礼をいたしました」

重嗣は、笑いながら首を横に振る。

「いや……まるで、妹とその女中のようだと思ってね」

「黒塚伯爵夫人ですか」

斗輝子の言葉に重嗣は深く頷いた。

「あれにも、幼い頃から一緒に育った、由紀という女中がいた。よく二人ではしゃぎながらその廊下を走っていたことがあったな……」

重嗣は昔を懐かしむように零し、傍らにいる道子に声をかけた。

「道子、お水を持って来てくれるかな」

道子は躊躇いながら頷き、重嗣の枕辺に置かれた水差しを手に取ると、台所へ向かった。重嗣は斗輝子を手招いた。斗輝子はそのままおずおずと部屋の中に足を進める。

「お嬢様には一つ、千武男爵にお届け願いたいものがあるのです」

「はい。何でしょう」

「そちらに、信楽焼の鉢に入った万年青がありましょう」

見ると、庭石の傍らに、信楽焼の美しい鉢に入った万年青があった。

「それを千武男爵にお届け願いたいのです」

どこにでもある万年青に見える。何故これを祖父に渡すのか。その理由を問おうとしたのだが、重嗣はすぐさま、枕辺にある鈴を鳴らし、女中頭の杉を呼んだ。

「そちらの万年青を、斗輝子様にお持たせして下さい」

杉は驚いたように目を見開き、重嗣に詰め寄るように枕辺に寄った。

「しかし、あの鉢植えは」

「よいのだ。千武男爵のお手元に届けたい」

杉は暫しの沈黙の後、主の目を真っ直ぐに見つめて深く頷いた。

「分かりました。お嬢様にはお手数ではございますが……」

斗輝子は何か、不穏なものを渡されるような嫌な予感がした。

「あの……何か謂れのある鉢なのですか」

「御前は、受け取られればお分かりになります」

そこへ、道子が水差しを持って戻って来た。重嗣は水差しを受け取りながら、道子に向かって柔らかく微笑みかける。

「ありがとう、道子」

その言葉には、ただ水を持ってきたことへの感謝だけではない、父としての優しい思いが溢れているように思えて、斗輝子は思わず胸が熱くなる。自らの病が癒えないかもしれず、一人残される娘のことが案じられるのであろう。

重嗣は水を一口飲むと、ふうっと一つ息をついてから、斗輝子と八重をしみじみと見た。

「千武男爵には、くれぐれも御礼を。お二人も末永く健やかに、仲良く……ご多幸をお祈り申し上げます」

その声音は真摯で、心からの言葉なのだと分かる。斗輝子と八重は顔を見合わせてから、改めて重嗣に向かって深々と礼をした。

日の高いうちにと帰り支度をして、斗輝子と八重は車寄せへと向かった。

見送りに出た道子は、馬車に乗り込んだ二人を笑顔で見送る。

「本日は来て下さって本当にありがとうございます。この屋敷を離れるまであとわずかではありますが、お近くにいらした折にはぜひまた」

馬車が走り出し、斗輝子と八重は背もたれに体を預けた。

「道子様はお淋しそうでしたね」

八重が言い、斗輝子も頷いた。

馬車に体を揺られながら、八重は先ほど預かった万年青の鉢を抱えたまま首を傾げる。

「万年青を株分けしていただくお約束があったのでしょうか」

斗輝子も同じく、首を傾げた。

「さあ……八苑子爵家は元々、帝の御為にお品を揃えるお立場にあられたそうだから、そういった曰くのある万年青なのかもしれませんけれど……妙な贈り物ね」

武家や貴族の間では、観賞用に人気が高い。祖父が興味を持ったとしても不思議はなかった。しかし、渡す時の重嗣と杉の様子が気にかかる。

八重は、そこで一つ大きく咳払いをした。

「ところでお嬢様、これからどちらへ……」

「もちろん、銀座へ行くように言ってあるわよ」

斗輝子の言葉に、八重は満面の笑みを浮かべた。

窓の外は静かな高輪の風景から一転し、西洋風の建物が立ち並ぶ華やかな通りに差し掛かる。服部《はっとり》時計店の鐘が三時を知らせていた。馬車は街中の車寄せに止まり、そこで馭者《ぎょしゃ》が外からドアを開いた。

「五時には戻ります」

斗輝子が馭者にそう告げると、八重は万年青を馬車の中へ置き、いそいそと斗輝子の後をついて歩く。

一軒の呉服屋の暖簾《のれん》を潜った。出迎えた番頭は満面の笑みである。

「まあ、千武のお嬢様、本日はようこそおいで下さいました。本日は何をご用意致しましょうか」

「髪飾りを見せて頂戴」

斗輝子の注文に、番頭はすぐ傍にいた着物姿の若い女店員を手招いた。女店員は二人を奥へ案内する。

「こちらへ」

と示された先には小上がりがあり、そこに女店員がずらりと髪飾りを並べる。

宝石のついた簪や、真珠色のリボン、鮮やかなつまみ細工の花簪など色とりどりに並ぶそれらを斗輝子は暫く見つめ、端に置かれた小さな梅の花をあしらった銀細工の簪を手に取った。それを隣にいる八重の頭にかざしてみる。八重はその斗輝子の仕草に気付かず、ただ目の前に並ぶ色鮮やかな品々を見つめていた。

「これ、いただくわ」

斗輝子は梅の簪を選んだ。店員はやや拍子抜けしたように首を傾げる。

「お嬢様には、こちらのようなお品がお似合いかと」

店員の手には、大粒の珊瑚《さんご》があしらわれた華やかな簪があった。斗輝子は首を横に振った。

「千武につけておいて頂戴」

斗輝子の言葉に、店員は、かしこまりましたと丁寧に頭を下げた。

店を出ながら、八重は首を傾げる。

「可愛らしいお品でしたが、いつものお嬢様の好みではないような……」

「あら、悪い品だとでも」

「いえ、可愛い簪でしたけど」

「はい」

斗輝子は振り向きざまに八重にそれを差し出す。美しい紙に包まれたその品を思わず受け取りながら、八重は首を傾げて斗輝子に答えを求めた。

「貴女にあげるわ」

八重は包みを手にしたまま戸惑ったように斗輝子の後ろをついていく。

「いえ、そんなお嬢様、そういうつもりで申したわけでは……」

「はじめからそのつもりで買ったの。先だって、派手な簪は困るって言ったじゃない」

斗輝子はつい先日、飽きたからと言って、古い簪を一つ八重に譲った。菊の花をあしらった鼈甲《べっこう》のもので、挿すとかなりの存在感がある。八重がなかなかつけないので

理由を問うと、

「目立ちますと、姉女中の皆さんから叱られますから」

と、答えたことがあった。

「その梅の花くらい小さなものなら、文句も言われないでしょう」

八重はそっと包みを胸に抱きしめて嬉しそうに微笑んだ。

「ありがとうございます。大切にします」

「だから、大切にと言って、行李に仕舞っておいては嫌よ。ちゃんと使って欲しいのよ」

「分かっています」

斗輝子は八重の顔を見て満足そうに頷くと、そのまま胸を張って歩き始めた。

暫く歩き、斗輝子は「TAKAHASHI」の看板が下がる建物の前で足を止めた。ウインドウには宝石が飾られているその店は、名を「高橋商店」という。

斗輝子はドアを押し開けて店の中へ入る。八重も後に続いた。

「まあ、千武様のお嬢様」

店主の高橋が顔を見せ、斗輝子を出迎えた。店内は狭いが、内装は華やかさもありながら落ち着いている。主にオーダーメードの宝飾店だった。

「本日は、どうなさいましたか」

店主は斗輝子を接客用のソファに座らせる。八重はその傍らに立っていたが、店主が勧めてくれたので恐る恐るその隣に座った。

「先だって、お母様が見せて下さった帯留めが素敵だったので、どちらでお求めかと聞いたら、嫁ぐ折に高橋商店で誂えたとおっしゃっていたの」

「それはそれは、有難うございます」

「母が申すには、同じように当時、八苑子爵令嬢……つまり今の黒塚伯爵夫人が水仙のお印で作った帯留めが素晴らしかったとか……どんなお品か見せていただけないかしら」

高橋は驚いたように目を見開いて、奥にいる店員を振り返る。老齢の店員は、ゆっくりと歩み寄り斗輝子に深々と頭を下げる。

「それは先代の頃に作らせていただいたお品かもしれません。ただ、お納めしたお品をお見せするというのも……」

「無論、お品はもうないでしょうから、意匠《いしょう》の絵図でも見せていただければいいのだけれど」

「……しかし」

店員が渋るのを、斗輝子は遮るように一つ咳払いをした。

「夏に、お祖父様が納涼会を兼ねて当家で夜会を催すとか。せっかくだから、夏に似合う首飾りを、と思っていたのですが……」

店主の高橋は顔色を変えた。

「まあ、ぜひそれは、当店で。インドから石を取り寄せる船が、来月には着くことになっておりますからね。お母様と共にお作りいただければ」

そう言うと、店員を一睨みして振り返る。店員は渋々といった様子で奥へ入り、暫くして古びた帳面を出してきた。

「こちらになります」

店員が広げて見せたのは、色が茶色がかった古いページだ。

「当店はご一新の前には簪などを手掛けておりました。幕府御用達の店として腕の良い職人を抱えておりましたので、華族のご令嬢方に重宝していただきまして……」

高橋は言葉を尽くしていたが、斗輝子はまるで聞いていなかった。

そこに描かれていた水仙の帯留めは銀細工で水仙の花を象り、花芯には瑪瑙を、葉には小さな真珠。筆書きでそう記されている。

それは見た目も石も、記憶にある怜司の帯留めと同じだった。

「お嬢様」

隣の八重が何事かというように斗輝子に声をかけた。斗輝子はその声で我に返る。

「あ、あの……このお品は、お一つだけだったのかしら」

「もちろんでございます。こちらのお品の元になりましたのは、当時の八苑子爵令嬢ご自身で描かれた水仙の絵であったと聞いておりますから」

斗輝子は今、自分が見ているものが何を意味しているのか分からなかった。只、先程、八苑邸で見た水仙のお印と、怜司の母の形見の間がつながった。それはどういうつながりなのか……却って謎が生まれた。

「お嬢様」

高橋は難しい顔で黙り込む斗輝子を案じるように問いかけた。斗輝子は顔を上げて笑顔を作り、帳面をとじる。

「素敵なお品ですわね。でも今の黒塚伯爵夫人のお手による絵で作られたものを真似るのはよくないわ。何かまた、新しいものを誂えていただきたいと思います」

「船が着きましたら、石を持ってお屋敷へお邪魔しますと、お母様にお伝え下さい」

斗輝子は静かに頷き、店を後にした。

「お嬢様、一体、何を調べていらしたんです」

八重の問いに、斗輝子はただ、

「何でもないの」

とだけ答えた。何故か、口にするのが憚られた。

千武邸に帰り着くと、夕餉《ゆうげ》の前の僅かな時間に、祖父のいる和館へ渡る。

高橋商店で見た水仙の帯留めの絵が気になりながらも、かといって何という答えが見えているわけではない。あの影森怜司が持っていた帯留めが、伯爵夫人が嫁ぐ折に持っていたものだとして、怜司の母が似たものを持っていただけなのかもしれない。

そんなことをぐるぐると考えながら、斗輝子は万年青を抱えて長い廊下を渡る。

暗い廊下は、幼い頃から恐ろしくてならなかった。祖父に一人で会う緊張も手伝って、手にした鉢がやけに重く思えた。

「失礼致します」

声をかけると、襖は内側から開いた。

「どうぞ」

秘書の関口に促されるままに部屋に足を踏み入れる。

その瞬間、わずかな段差に躓いて、斗輝子は思わず万年青を取り落としてしまった。派手な音を立てて信楽の鉢植えが割れ、中の土が畳に散らばる。

「申し訳ございません」

斗輝子が屈んでその破片を拾おうとした時、鉢植えの中から土の他に薬包のようなものがいくつも出ているのが見えた。斗輝子が手を伸ばそうとすると、

「触るな」

と、祖父の怒号にも似た声が響いた。斗輝子は思わず身を縮め、手を胸元に引き寄せた。祖父はすぐに孫娘を思う好々爺の顔で笑いかける。

「いや、破片で怪我をするといけない。関口がやってくれるから」

祖父がそう言うより先に、関口はそそくさと破片を集め、得体の知れぬ薬包も集めると、女中を呼びつけて手際よく掃除をさせた。それを後目《しりめ》に、祖父は斗輝子を手招

いた。斗輝子は脇息にもたれる祖父の傍らに寄りながら、俯く。

「申し訳ございません。本日、八苑子爵重嗣様から、お祖父様にお渡しするように預かって参りました万年青の鉢植えだったのですが……」

斗輝子の言葉に、祖父総八郎は眉を寄せる。

「あの……何かお譲りいただくお約束があったのかと思ったのですが」

斗輝子が尋ねると、祖父は再び表情を和らげた。

「ああ、そうだ」

「大切なものを、申し訳ありません」

「いや、そうではない。あれは、縁起の悪い品なのだ。だからこちらで処分することになっていたに過ぎない。割れてしまったのは、いっそ好都合というものだよ。仔細については、お前が知るべきことではない」

最後の言葉は斗輝子の興味をこれ以上、聞き入れない姿勢を強く示していた。斗輝子は、薬包のことが気になったが、ただ、はい、とだけ答えた。

「それにしても、ぼんやりしていたね。何か気がかりでもあったのか」

祖父は話題を変えるように問いかけた。斗輝子は言葉を選びながら話した。

「書生の影森怜司さんですが、お祖父様が書生にご推挙なさったとおっしゃっていました。彼は、黒塚伯爵家と何か縁のある方なのですか」

問いかける斗輝子に向かって、総八郎は愉快そうに身を乗り出す。

「ほう……それは大層なご縁だね。どうしてそう思った」

逆に問い返されて、斗輝子は戸惑う。分かっているのは怜司が持っていた帯留めが、高橋商店の帳面に載っていたものと同じだったというだけだ。何一つ確証はない。

「ただ……何となくです」

不甲斐ない答えに、総八郎は軽く頷いた。

「無論、出自については調べているよ。黒塚伯爵とは、ついぞご縁はないはずだ。そんなことより関口、あれを」

関口は一つの箱を手にして斗輝子の前に進み出た。

「それをあげよう」

斗輝子が箱を開けると、大粒の真珠に薄紫のリボンをあしらった髪飾りが入っていた。

「先日の夜会の名代では、思いもかけない苦労をかけた。ご褒美をあげなければならないと、取り寄せておいたのだ」

いつもであれば、ただ無邪気に褒美の品を受け取って、小躍りしながら帰るところだ。だが、斗輝子は素直にそれを手に取ることができない。

何故、八苑子爵は万年青を祖父に渡すことにしたのか。その鉢から出て来た薬包は何だったのか。そもそもあの夜会の日、何故、自分が名代として赴くことになったのか。一体、祖父は何を知っているのか。今、身の回りで何が起きているのか。

問いたいことは山のようにある。

だが、そのどれも問うことができない。答えを聞くことも恐ろしいと思っている。何故……恐ろしいのだろう。

斗輝子はゆっくりと顔を上げて祖父を窺い見る。祖父はいつものように贈り物に喜ばない孫娘の様子を、じっと観察している。

「どうした。気に入らないのか。ならば、別の品を……」

「いえ、素敵な御品です。ありがとうございます」

努めて明るい声で礼を言い、髪飾りの入った箱を両手で受け取った。

「伯爵の死に驚いたであろうが、ご遺族も病死と納得されて一件落着して安堵している。斗輝子ももう何も思い悩まずとも良い」

「はい」

総八郎はそれ以上の話を拒むように、深く頷いた。それは斗輝子に下がるように促すものである。

斗輝子は、礼をして立ち上がり部屋を出るといつものように、背後で音もなく襖がしまった。

薄暗い廊下に出てから、斗輝子はゆっくりと後ろを振り返る。

祖父、千武総八郎は、黒塚伯爵の死について、何かを知っているのではないか。それはほぼ確信であった。だがそれがどう繋がるのかは分からない。

黒塚伯爵の死を巡り、祖父と、影森怜司とが、微かな糸で繋がっているような疑念が、さながら蜘蛛の巣のように斗輝子の胸の内に広がっていた。

四

見上げた空には重く雲が垂れ込めていた。春だというのに肌寒い風が吹き、斗輝子は時折、肩を竦める。その姿を見咎めた女教師が斗輝子の傍らにゆっくりと歩み寄る。

「偉大なる英傑であられた黒塚伯爵のご葬儀なのですから、威儀を正してお見送りなさい」

斗輝子は、はい、と他の生徒たちと同じように背筋を伸ばす。

三田の黒塚伯爵邸から日比谷の葬儀場までの道のりを、葬儀委員長を先頭に、棺《ひつぎ》、親族、更には縁者も含めての長い列が続く。近隣の学生や女学生は、一様に制服を纏い、その葬列を見送ることになっていた。

斗輝子は冷える手を摩りながら、辺りを見回す。沿道にはかつては黒塚伯爵の下で戦った人や、同郷の人もいるのだろう。

「殿」

「伯爵」

と、それぞれに声を上げる者もあり、涙と泣き声が響いていた。

斗輝子はその様子を不思議な気持ちで眺めていた。

あの夜、誰一人駆け寄る者さえいなかった伯爵の死を、こんなにも悼《いた》む人がいると
いうことが、空《むな》しくも思えていた。

すると隣から激しく嗚咽《おえつ》を漏らす声が聞こえる。

「英子様」

そこには以前薙刀勝負をした加山英子がいた。

「英子様は黒塚伯爵と親しくていらしたの」

斗輝子が問うと、英子は大仰に涙を拭いながら深く頷いた。

「ええ、黒塚伯爵は、叔母の嫁ぎ先の従兄弟なのです。何度もお会いして、可愛がっ
ていただいたものですから」

「随分と、遠い親戚なのに親しくていらしたのね」

「嫌味をおっしゃるのかしら」

「いえ……ただ、思っただけで……。黒塚伯爵はどんな方でいらしたの」

親しいと言うのならこの際、話を聞いてみようと思った。英子は怪訝そうに眉を寄
せる。

「何なのです、先ほどから根掘り葉掘り」

「いえ。ただ、どれほどの御方なのか教えていただきたいと……」

英子はふんと鼻息も荒く、胸を張る。

「私のお祖父様と黒塚伯爵はご一新の折には敵同士であったと聞いています。しかし、

黒塚伯爵は祖父にも敬意を以て接し、それ故に、信頼に足る人物であったと、聞きました。優しく、大きな方でいらっしゃいましたよ。貴女とて、あの夜会で会われたのでしょう」

あの夜会で見かける以前にも、父や兄、祖父と共に顔を合わせたことがある。しかし、その都度、見上げるあの黒塚伯爵という人は黒い髭を生やし、どこか険しい睨むような鋭い目つきの印象しかなかった。

「まあ、貴女のお祖父様は黒塚伯爵のご不興を買って、険悪な仲でいらしたそうだから、きっと私のようには可愛がっていただけなかったでしょうけれど」

英子は勝ち誇ったようにすまし顔をしてから、再び葬列に目をやると、さめざめと涙を流す。斗輝子は芝居がかった英子の様子に呆れつつ、壮麗なる葬列に目をやる。

霊柩が通り過ぎると、次に親族が列をなしていく。

先頭を行くのは、長男で、先日帰国した黒塚隆明。そしてその息子たちが続いて行く。更に後ろから、黒いドレスの女たちが歩いてくる。黒いベールをかぶっており、顔は具《つぶさ》には見えないが、俯きがちなその中に、先日、黒塚邸で会った伯爵夫人琴子と思しき貴婦人の姿を見つけた。

「まさに、婦道の鑑でいらっしゃる。楚々として、品がいい」

傍らに立った女教師が、琴子の姿に感嘆した。

葬列が行き過ぎると、一部、黒塚家と縁のある学生を残し、それぞれに帰途につく。

斗輝子もまた、新橋近くで待つ源三の人力車に向かった。

「おや、千武家《ゆきたけ》のお嬢さん」

聞き覚えのある声がした。斗輝子が振り返ると、そこには先日、銀座で会った毎報社の記者の上条が立っていた。

「貴方も伯爵の葬儀に参列なさったの」

「参列というか見物です。お嬢様のいらした場所では、さぞかしかの黒塚伯爵をたたえる声が聞こえたでしょう。しかし、この辺りで耳を澄ませてご覧なさい」

上条は雑踏の中に斗輝子を連れて行く。喪服ではない装いの町の人々が、物見遊山のように遠ざかる葬列を見送っている。

「私が聞いた話では、あの男は、酒に酔うと手がつけられないって話だよ」

「ああ、女房を殺したって噂があるってね」

「出世だって、偶々《たまたま》さ。偉そうにふんぞり返ったところで、悪どくやってきたんだろうよ」

喧騒の中に悪意の声が聞こえる。

「まあ、その実、あの葬列に連なっている連中だとて、ここにいる人々と同じようなことを考えていたようだけどね」

「どういうことです」

上条は口の端を持ち上げて笑った。

「葬儀委員長がなかなか決まらなかったそうですよ」

葬儀委員長を務めたのは、黒塚の出身である薩摩の者ではなく、かつての敵方であった幕軍出身の重鎮であった。維新の折に命を救われたことから、彼が委員長を務めることになったのだが、その実、同朋であるはずの者が誰一人として、彼の葬儀委員長に名乗りを上げなかったからだという噂も聞こえていた。

「まあ、ここまで来ると老獪《ろうかい》なる政治家が、己の引き際を見誤ったとしか言えないな」

上条は聞こえよがしなため息をついた。英傑と誉めそやす一部の声よりも、同朋に見放されたという事実の方が納得できる。夜会の日、ホールの中で椅子に項垂れて座る姿こそが黒塚伯爵の真の姿なのだろうと思いつつ、斗輝子は行列の去った先へと視線を投げた。

「ああそうだ、お嬢さんはこれからお帰りですか」

「ええ、そのつもりでおりますが……」

「もしよかったら、一つお付き合い願えませんかね。記者一人で行くよりも、あの夜会で華麗な働きをなさった千武男爵家のお嬢様がいらした方が助かる」

斗輝子は怪訝そうに眉を寄せる。

「どちらにいらっしゃるのかしら」

「ええ……場所は高輪です。お名前は、渡会《わたらい》敦《あつし》氏」

「渡会……様ですか」

斗輝子は聞き覚えのない名前に首を傾げた。しかし上条はにやりと笑う。

「お嬢様もご存じですよ。ほら、あの夜会で黒塚伯爵の脈をとられたお医者様です」

「その方に、お会いになるの」

斗輝子は思わず身を乗り出す。上条は、ええ、と頷く。

「こうして葬儀が終わった以上、今更、死の真相を書き立てて、下手にお上に目をつけられるのはご免ですけどね。真実を知りたいと願うのが厄介な性分でして……お嬢様もそうじゃありませんか。そう顔に書いてありますよ」

斗輝子は好奇心にうずく顔を隠すように、手のひらで頬を一つ撫でて、冷静を装った。

「よろしくてよ。ただ、そこに俥を待たせていますので」

「はいはい、ついて参りましょう」

源三の俥に乗った斗輝子は、上条の先導で、日比谷から高輪までの道を行く。一時間ほどで着いたのは、質素な佇まいの武家屋敷の前だった。

「ご免下さい」

上条が声を張り、すぐに斗輝子を前に押し出す。

「お嬢様が前に居てくれた方が話が通りやすい」

と言うと、さながら自分は斗輝子の付き添いのような顔をして後ろに下がった。ほどなくして門に女中と思しき女が顔を覗かせた。

「どちら様でしょう」

女学生の来訪に、女中は怪訝そうな表情を浮かべた。斗輝子は丁寧に頭を下げる。

「……千武斗輝子と申します。先日、黒塚伯爵邸の夜会にて、渡会先生にはお世話になりまして、本日、少しお話をうかがいたく」

すると女中は、ああ、と得心したように頷く。

「千武男爵家のお嬢様でいらっしゃいますか。どうぞこちらへ」

女中はあっさりと斗輝子を招き入れた。上条はその後ろに続いて行く。

落ち着いた設えの屋敷は、古めかしいが居心地の良い空間になっていた。奥の間に通されてしばらくすると、先日、燕尾服を着ていた白髪の紳士が紬姿で現れた。

「ああ、千武家のお嬢様。先日は大捕物でしたね」

渡会はそう言うと、斗輝子の向かいに腰を下ろした。

「いえ、先生こそ、伯爵の最期を看取られるお役目で、ご苦労様でございました」

斗輝子が頭を下げると、渡会は、いやいや、と恐縮する。

「結局、私は何もできなくてね……」

「と、おっしゃいますと」

言葉尻を摑んだとでもいうように、斗輝子の傍らの上条がぐっと膝を前に出した。

斗輝子が上条を一瞥するが、上条は何も言わずに渡会に先を促すように頷いて見せる。

渡会は、上条を図々しい千武家の家人くらいに認識したらしく、特に疑う様子もなく口を開く。

「あれはね、毒殺ですよ」

渡会は迷いなくそう言い切った。

「毒……ですか」

「ええ。元々、伯爵は心臓が弱くていらした。そこに追い打ちをかけるように、心臓を止める毒を盛ったんです。当家はね、元より御典医だった時代がありますから、お殿様の身辺を守るためにも、毒の知識は人一倍あるんですよ」

渡会は立ち上がり、奥の文机の引き出しから古びた冊子を取り出した。

「ほら、ここにもある。心の臓を止める毒」

そこには丁寧に描かれた草木の絵と共に、毒について書かれていた。

「鈴蘭、馬鈴薯《ばれいしょ》の芽、万年青……」

渡会は指でさしながら読み上げる。

「万年青ですか」

斗輝子は思わず声を上げた。渡会は斗輝子の大声にやや驚きながらも小さく頷いた。

「無論、そのどれが使われたかは知らない。だが、伯爵はあんなふうに唐突に亡くなるほどには悪くなかった。だから、恐らくは心の臓にきたのだろう」

上条も又、斗輝子と同じく驚いていたが、次いで興奮したように身を乗り出した。

「八苑家はかつて先代が存命の折、宮中に万年青を献上したことがあったと聞いています。万年青を育てることが得意だったとか」

上条は八苑家と万年青のことまで調べがついているらしい。斗輝子も又、渡会に問うように見つめる。二人の視線を受けて渡会は、小さな苦笑を浮かべた。

「私に、何を言わせたいのかね」

渡会は小さな冊子を斗輝子の手から取ると、自分の手元で繰る。

「君の言い分は無論、分かるよ。そして私も、恐らくそう思う」

「八苑子爵が……」

上条が言うと、渡会は苦悶するような表情を浮かべた。

「先代の八苑子爵に、万年青の効能をお教えしたことがあったのだ。先代がご健在の頃、家が近いということもあり、万年青を譲られたことがあった。その折に万年青についての話になり、乾燥させた粉などを、体の外に貼る分には、腫《は》れをとるなど薬になる。だが、飲めば毒になるなどと、己の知識をひけらかしたことを恥に思う。他愛もない世間話のつもりだったのだが……」

斗輝子の脳裏には、八苑子爵邸の庭に並ぶ万年青の鉢植えが思い描かれた。美しい緑が映えているると思っていたが、それが毒だと思うと禍々《まがまが》しい。そして譲られた鉢植えを割った時、中から零れ落ちた数多の薬包のことを思い出し、斗輝子は思わず身震いをした。

「先生はそのことを、警察にはおっしゃったんですか」

斗輝子の声は知らず震える。

「無論、伯爵の死因が毒であるらしいことは申しましたよ。しかし万年青である確証はない。その上、私と八苑家先代の会話などは、話す必要のないことでしょう。まあ、私の話など関わりなく、伯爵の死は病死に落ち着かれた。あれは、政治的なご配慮があったと考えていますが……」

毒殺であったにせよ、渡会としてもこれ以上関わりたくないのだろう。しかし医師として真相を隠したくない思いもあり、こうして話しているように思えた。

「しかし、このことについて貴女はご存じかと思っていましたよ」

「私が、何故ですか」

「いや、確か七日ほど前……千武家の書生だという若者が訪ねてきましたよ。そう、あの浪人の捕物をした青年だ」

「影森怜司ですか」

「ああ、そう。影森君といったかな。黒塚伯爵が死んだのは、万年青の毒ではありませんか、と、開口一番で問われてね」

渡会は流石にそこまで直に聞かれるとは思いもせず、一瞬、狼狽した。しかし、真っ直ぐに目を見て問われれば、否定する必要もない。胸一つに留めておくのも苦しいと思い、ただ黙って頷いた。

「それだけ聞いて帰って行かれたから、てっきり千武男爵家からのお遣いだと思っていたのだが」

怜司は斗輝子の与り知らぬところで祖父や兄に命じられて、着々と事件の真相に近づいているのかもしれない。それは悔しくもあり怖くもある。

「或いは、祖父は存じているかもしれません」

「なるほど。千武男爵といえば、炯眼で知られた御仁だからね」

渡会は納得したように頷いた。それからはあの夜会の日のことなどを雑談し、二人は屋敷を辞した。

門を出て暫くするとふと上条は足を止めた。

「影森君は何者だい」

「何者と……当家の書生で貴方の会社のアルバイトなのでしょう」

「俺が知っている彼は、どちらかというと貧しい学生だったよ。まさか千武家と繋がりがあるとは知らなかったな」

「私とて詳しくは存じません。ただ、お母様を亡くされてから、当家に縁ある庄屋の夫婦の養子になったということです。お祖父様には可愛がられておりますから……或いはお祖父様のお遣いで来たのかもしれません」

答えながらも斗輝子自身、怜司と祖父の関わりがそれだけのものとは思えなくなっていた。

「もしかして、彼は千武総八郎の隠し子ということはないのかい」

「は」

斗輝子は思いもかけないことを言われ大声で反問した。上条はむしろ斗輝子の反応に驚いたように身を引いた。

「いや、あくまでも想像の話だよ。千武総八郎氏はあれだけの富豪でありながら、跡継ぎは慎五郎氏ただ一人だ。妾を抱えていたとしても不思議はあるまい」

「それはそうですけれど」

英雄色を好むとばかりに、維新の志士だった明治政府の重鎮たちの多くが、艶福家《えんぷくか》で知られている。妾を寮に住まわせたり、時には屋敷内に住まわせることも珍しくはない。だが、祖父のそういう女の噂は、外では時折、耳にすることもあるが、屋敷の中の人から聞こえたことはなかった。

「そうすると彼は私の叔父に当たるわけですが、残念ながら似たところが一つも見当たりませんわ」

「叔父と姪が似ないなんてことはよくありますがね」

上条の一言に斗輝子はふと黒塚伯爵夫人と道子のことを思う。あの二人は叔母と姪だがまるで似ていない。

「まあ、影森君のことはいいとして……」

上条はあっさりと話を切り替えて斗輝子の前に向かい合う。

「いずれにせよ、俺の負けということですね」

そう言って大仰に頭を下げて見せる。

「負け……。私と貴方で、何か勝負をしておりましたか」

「いえ、先だってから、私は千武家を怪しいと言っていた。しかし、動機こそあれ、千武家が手を下すことはできないことは明白です。一方、八苑子爵について言えば、あの時、伯爵の横にいて、万年青の毒を使った可能性も高い」

斗輝子は思わず目を逸らす。八苑子爵から預かったあの鉢植えに入っていた無数の薬包は、万年青から作られた毒だったのかもしれない。それが祖父の元に届けられた以上、無関係とは言いきれないとも思えた。

「子爵には動機も心当たりがありました」

「動機……ですか」

「いや……旧知の銀行家に、それは大層口の軽い奴が一人おりましてね。何でも黒塚伯爵が亡きあと、伯爵所有の山林の一部が、義兄である八苑子爵に譲られることになっていたことが分かりました。それを売却して金を手に入れ、借金を完済しています」

本来ならば、それらの所有権は家督を継ぐ黒塚隆良の子、隆明に移る。しかし、この小さな山に関しては、敢えて義兄である八苑子爵への譲渡が決まっていたという。

「石炭がとれるわけでもないし、紅葉やブナや、およそ材木に向いていない木があるばかり。二束三文の山ですが、それを借金完済分まで引き上げたのですよ」

上条はそこで言葉を区切り、手のひらを翻し、斗輝子を指した。

「あなたのお祖父様、千武総八郎男爵が」

「お祖父様が……」

「まあ、見方によっては困っている方を純粋に助けた……と言うこともできますけれど」

探るような上条の言葉に、斗輝子の中に、じわりと不安の黒い染みが広がる。しかし敢えて余裕の笑みを浮かべる。

「お祖父様のなさることに間違いはありませんよ」

「それはまことに失礼を」

上条は慇懃《いんぎん》なほどに頭を下げる。

「しかしご用心を。どうやら真っ白に無関係ではないような気配がしておりますよ。相変わらず、千武家は見ていて飽きませんね。そう、それこそさもしい幸せというやつですが」

「程々になさらないといい加減に私とて怒りますよ」

斗輝子は言い捨てて、上条を後日《しりめ》に、傍に止まっている人力車に乗り込んだ。

「お嬢様はこれからお屋敷へ」

「ええ、貴方は」

「俺はもう一度、黒塚伯爵邸の方へ行ってみます。入れなくても女中さんたちと世間話でもできれば面白いんでね」

上条は一つ礼をして踵を返した。

源三の人力車はゆっくりと麻布の方へ向かって動き出した。

「真っ白に無関係ではない」

と言った上条の言葉は恐らく正しい。灰色……かなり濃い暗灰色の霧が祖父の周りに漂うのを感じる。

渡会の屋敷から麻布へ向かう途中には、先日訪れたばかりの八苑子爵邸がある。斗輝子は思わずその八苑子爵邸に向かう路地を見やった。すると、その屋敷の門から、見覚えのある人影が出てくるのが見えた。

「ちょっと、止めて頂戴」

斗輝子は慌てて源三の俥を止め、そっと目を凝らす。

屋敷から出てきたのは、絣の着物に袴という姿の影森怜司だった。

「お待ち下さい」

声が響き、怜司を追いかけるように出てきたのは、先日屋敷で見かけた白髪の杉という女中だ。怜司の腕を摑んで止めると、何度も怜司に頭を下げる。怜司は暫くじっと杉の言葉を聞いているようだったが、やがて何かを否定するように頭を横に振り、それでも取りすがる杉の手をそっと押し返してこちらへ向かって俯きがちに歩いて来た。

斗輝子は慌てて俥の庇《ひさし》に隠れようとしたが間に合わず、しっかりと怜司と目が合ってしまった。

「お嬢様……」

怜司が斗輝子を見上げる。斗輝子は一つ咳払いをして俥から怜司を見下ろした。

「貴方、八苑子爵邸に何のご用かしら」

「お嬢様には関わりありませんから」

素っ気ない答えに斗輝子は苛立ち、言葉を接いだ。

「貴方、先日はお医者様の渡会様の元を訪ねたそうじゃありませんか。その話、私は知らなかったのですが」

怜司は顔を顰める。

「何故、ご存じなんです」

「先ほど、上条さんにお会いして、渡会先生にお話をうかがいました。黒塚伯爵を殺したのは万年青の毒だと、貴方がおっしゃったとか」

怜司は黙って歩き始める。怜司の歩調に合わせるように、源三が俥を引いた。斗輝子は怜司の背に向かって更に言葉を投げかける。

「その帰り道に、八苑子爵邸から出てくる貴方に鉢合わせたわけです。何のご用でいらしたの。道子様へのお祝いかしら」

「いえ……」

「それとも、お祖父様からお遣いでもあって」

怜司は驚いたように斗輝子を振り返る。斗輝子はその怜司の表情を見て、先ほどの上条の言葉を思い出す。

「貴方、もしかして……」

「何ですか」

「お祖父様の隠し子なんていうことは、ないわよね」

「は」

驚いていたはずの怜司の表情が呆れたような顔に変わった。次の瞬間、ふっと噴き出すと、怜司が声を上げて笑う。

「何を笑うことがあって。私は……」

「いえ……なるほど、そういう見方がありましたか」

怜司はようやっと笑いを納めると、目尻の涙を拭う。

「残念ながら、千武男爵とは何の血の繋がりもありませんよ」

怜司の言葉に斗輝子は不意に気が抜け、背もたれに背を預けて、ため息をついた。

「何やら、馬鹿にされているようで不愉快です」

「僕が貴女を、ですか」

「それもそうですが……お祖父様も。そもそも、事の発端は、お祖父様が私に夜会へ行けと命じられたことに始まります。そこで黒塚伯爵が亡くなられたのだから、気になって当然だというのに、真相を探ろうとすれば靄《もや》がかかったように何も分からない。それなのに、貴方は私を差し置いてこうしてこそこそと動き回っているじゃありませんか」

「なるほど、悔しいと仰る」

図星を指されると尚一層腹立たしい。

「何か、私が知らないことをご存じなら、話しなさいな」

斗輝子は怜司を見下ろしながら声を張る。怜司はふっと苦笑する。

「貴女の好奇心は、性質《たち》が悪い」

その声は先ほどまでとは違い、冷ややかな響きがあり斗輝子は思わず身を竦める。

怜司はため息をついた。

「知ったところでどうなさる。貴女に何かできるとでもお思いですか」

「ならば、お祖父様に利用されるだけされて、大人しくしていればそれでいいのですか。そんなのは悔しいでしょう」

斗輝子の言葉に怜司はぴたりと足を止める。それに合わせて源三もまた俥を止めた。

怜司は斗輝子に背を向けたまま、ゆっくりと肩で息をしているのが分かる。静かな怒りが肩先から立ち上っているようだ。

「悔しい……そうですね。私も悔しい。どうやら御前にいいように利用されたようだ」

「……お祖父様が、貴方を……」

聞きたくもあり、聞くのが恐ろしくもある。斗輝子は固唾を呑んで怜司の様子を見守った。怜司はゆっくりと振り返ると、俥の上の斗輝子を見上げた。

「お嬢様、近く僕は御前の御遣いとして、再び黒塚伯爵邸へ参ります。ご一緒なさいますか」

その眼差しはいつものように、揶揄するような色はない。挑むような強さがある。斗輝子は知らず緊張しながらも、目線を外すことができない。

「黒塚伯爵邸へ……何故、伺うのかしら」

「理由は追々。ただ、一緒にいらっしゃれば貴女の悔しさも、性質の悪い好奇心も、幾許か満たされると思いますよ。どうなさいます」

怜司は何かに静かに怒っている。その対象は祖父であり、そして同時にその庇護下にある斗輝子でもあるのかもしれない。ここで怯んだら怜司に負けを認めることになる。斗輝子は膝においた手で強く拳を握りしめ、腹に力を込めた。

「分かりました。ご一緒に参りましょう」

「それは、楽しみです」

含みのある声で言い、怜司は黙って歩き始める。斗輝子はそこから先、怜司に声を掛けるのも憚られ、背もたれに背を預けたままでいる。俥を引く源三の頭を眺めては、時折、怜司の背中を見やる。張りつめたその背からは、強い拒絶だけが感じられた。

黒塚伯爵邸に何があるというのか。

だが、そこには恐らくこの一連の出来事を繋ぐ答えがあるはずだ。それを知りたい好奇心だけが、斗輝子を支えていた。

○

黒塚伯爵邸の母屋から北に向かって、一本の渡り廊下がある。その先には、離れのように作られた小さな数寄屋《すきや》があった。茶室のようなそれは、木々に隠れるように作られており、母屋からは見えないようになっている。

黒塚伯爵夫人である琴子の住いであった。

小さな部屋の中で、琴子は一人、鏡の前に立っていた。髪を解いて肩に垂らし、黒いドレスのまま、薄暗い行灯《あんどん》の明かりの中で浮かび上がる自らの姿を見ながら、琴子はただ黙って立っていた。

「奥様」

襖の外で声がする。声は青井のものだった。

「はい」

「失礼いたします」

襖が静かに開く音がして、青井は驚いたように手を止める。琴子は青井を見やり、静かに微笑んだ。

「髪を梳いていただけです」

「はい」

青井は髪を解いた琴子から目を逸らすように床を見つめる。

琴子はドレスの裾を持ち上げ、青井の傍へ歩み寄り、青井の前に座った。青井は襖の閾《しきい》からこちらへ膝を進めることはない。

「何か」

「はい、隆明様がお呼びです」

「承知しました。すぐに参ります」

青井は静かに目を伏せて、両手をつくと深く頭を下げた。

「それでは」

「青井」

琴子は声をかけ、青井は手を止めた。

「貴方は決してその閾を越えないのですね」

青井はゆっくりと顔を上げる。閾をはさんで向かい合う琴子と目が合うと、ゆっくりと瞬きをして、再び目を伏せた。それを見た琴子は立ち上がり、青井に背を向けた。

「ありがとう。下がって下さい」

青井は黙って琴子の背を見つめてから一礼して襖を閉めた。

琴子は閉められた襖に歩み寄り、青井が遠ざかる気配を確かめてからその場に頽《くずお》れた。

天井を見上げると、古びた染みがあちこちに広がっているのが見える。この小さな小屋のような住いに、もう二十年以上も住んでいる。

嫁いで間もなく、この部屋に追いやられた。半年ほどの間に二、三度、黒塚隆良が訪れて乱暴にこの身を抱いていったが、そのうち姿を見せなくなった。まだ十六歳の少女でしかなく、己の身に何が起きているのかよく分かっていなかった。ただこれが愛や恋といった甘やかなものと程遠いのは分かる。その証に一片の幸せも感じられなかった。

そんなある日、酒に酔った黒塚が足音を立てて廊下を渡ってきたことがあった。怒声を浴びせ、使用人たちが悲鳴を上げる中、襖を開けて入ってきた黒塚は、琴子に向かって刀を振り上げた。

「貴様のような女が、なぜここにいる」

抜き身を見て身動きがとれず、へたり込んだ。振り下ろされる刀に目を閉じた時、琴子の前に立ちはだかったのは、当時、二十歳を過ぎたばかりの家令の青井だった。

青井は腕を斬られ、血が滴った。

「ご無礼を」

青井は黒塚に当て身を食らわせ、その場に倒した。

「殿様はお休みだ。早くお運びしろ」

青井が命じて、下男たちが三人がかりで黒塚を部屋から運び出した。

「奥様は、大事ございませんか」

琴子はただ、震えながら小さく頷くしかできなかった。震える琴子を宥めるように、青井は琴子の肩に触れた。

「ご安心下さい。もう、大丈夫ですから」

大きな手のひらが肩を包み、その温かさで琴子はようやく落ち着いてきた。そして初めて、青井の腕が血を流していることに気付く。

「あの……」

腕に手を添えると、青井は慌ててその手を振り払った。

「穢《けが》れますので、お気になさらず」

青井はそう言うと、女中に部屋の掃除を命じて部屋を去った。

その時のほか、青井はこの部屋の閾を越えたことはない。

伯爵に無視された正妻などというものは、女中たちにも侮蔑される。

「あの奥方様は、伯爵のご不興を買われたのだ」

そう囁かれ、女中は勿論出入りの職人たちでさえ、軽んじた態度をとる。家の一切を取り仕切る家令の青井が琴子を「奥様」と重んじてくれているから、辛うじてこの家で威厳を保つことができたのだ。この邸の中で青井だけが支えだった。

琴子は髪を丁寧に結い直すと、ゆっくりと立ち上がる。古びた離れから、渡り廊下を渡って、広間へと向かう。

黒塚隆良の息子、隆明はこの年、四十五になる。琴子より八歳も年上だった。外務省の役人として研鑽を積み、いずれは父と同じく政治家の道に進むと言われていた。

和館の広間は絨毯が敷かれ、大きなテーブルがある。舶来のランプが吊るされた薄明かりの下で、洋酒の瓶から注がれたワインが入ったグラスが二つ、置かれていた。

「ああ、お義母様。一日、お疲れ様でしたね。どうぞ」

隆明の妻である頼子《よりこ》もまた、傍らに控えていた。頼子であっても、琴子より三つほど年かさだった。琴子は隆明の向かいに座ると、隆明からグラスを手渡され、恐る恐る手にとった。

「相変わらず、若くお美しいですね。今日は、これからお義母様はどうなさりたいか、お話をうかがっておこうかと思いましてね」

隆明は琴子に問いかける。

「私は……どちらかの寮を一ついただければ、それで結構でございます」

「寮……ですか」

隆明は腕組みをした。

「しかし、父が亡くなったからといって、後添えを屋敷から追い出したなどと言われては、私も外聞が悪いですからね」

琴子は思わず顔を上げる。するとその視線の先で、隆明が悪戯めいて笑って見せた。

「冗談ですよ。貴女が、この家を出たいと願っていらっしゃることは、重々承知しています」

「……私は、そんな……」

琴子は戸惑いながら小さな声で言う。隆明は、ワイングラスを傾けながら歌うように語る。

「正直、ほっとしています。母が亡くなった時、私は十五だった。今でも目の前にはっきりと浮かびます。父の刃と、倒れて行く母の姿がね。父は母の仇でした。顔を合わせていれば、いつの日か、父を殺めたくなる日がくると思っていたからこそ、外遊の多い役所へ行ったんです。罪を犯さずにここまで来られて……」

そして隆明は自嘲するように笑った。

「父もそれを知っていたのでしょうね。私をずっと避けていた。しかしこれで、晴れて伯爵になることができました。誰が殺して下さったのか知りませんが、感謝こそすれ、恨みはありません」

琴子は表情を消したまま、グラスのワインを飲み干した。飲み慣れぬ酒を口にしたので、わずかな量でも、頬が熱い。

「では義母上様、どちらの寮になさいます。目黒《めぐろ》、鎌倉《かまくら》、足柄《あしがら》の方にもありましたか

「……」

「鎌倉に……東京を離れたいのです」

琴子は細《ささ》やかな声ではあるが、はっきりと言った。

「承知しました。鎌倉に」

隆明は後ろを振り返る。隆明の秘書として長らく仕えている男が頷いて奥へ下がった。

「何でも、お兄様の八苑子爵は爵位を返上なさり、姪の道子さんは京の商人に嫁ぐとか。また、例の山の権利は千武に売ったという話を聞きましたよ」

琴子は、小さな声で、ええ、と答えた。

「何故、千武に。私に言ってくだされば、私が買い上げてもよかったのに」

琴子は、いえ、と首を横に振る。

「道子さんの縁組の件で、兄が千武男爵にお話をしていたのがご縁なのです。何もない山ですが、ご親切に買って下さったのです」

隆明は、ほう、と小さく嘆息した。

「なるほど。もう、我らに借りを作りたくないのですね」

琴子は、いえ、と小さく答えながらも、はっきりと否定をすることはなかった。

「父と千武男爵の間に何があったのかは知りませんが、彼は当代きっての商人だ。三輪男爵と並び、今後は仲良くしていきたいと思っているのでね。むしろ、懇意にしていただくのは良いでしょう」

隆明がグラスのワインを飲み干すと、女中たちは静かに次に、モルトウィスキーを支度する。琥珀の酒をゆらしながら隆明は琴子に問いかける。

「それで、どうなさいます。鎌倉に子爵を連れて行かれますか」

「兄を……ですか」

「ご病気で、娘さんも嫁がれて、お一人になられては、さぞかし心細い思いをなさいましょう」

琴子は言葉を詰まらせた。

「考えてもおりませんでしたので……ありがたく、考えさせていただきます」

隆明は葉巻にゆっくりと火をつけた。甘い香りの煙を燻らせる。

「それで……」

部屋の中をぐるりと見回した隆明は、部屋の片隅に立つ青井を手招いた。

「青井には悪いのだが、できれば、お義母様について鎌倉に行ってくれないか」

青井は驚いたように目を瞠る。琴子は戸惑って腰を浮かし隆明に問いかける。

「あの……」

「青井は有能だが、代替わりをした以上、家令としてこちらに居続けてもらうのも、少々、気兼ねがある。頑《かたく》なな独り身だが、頼りになる男だ。鎌倉ともなれば、そうそうこちらから人を送ることもできないが、青井になら安心して任せられるから。何人か使用人も連れていっていい」

青井は暫しの沈黙の後、琴子を見た。琴子は縋るように青井を見つめる。青井は静かに深く頷いた。

「承知しました」

「今後、お義母様は、当家が鎌倉に持っている土地の収益を、私の代理としてお取り下さい。それで、暮らしていかれればよい。それでよろしいですね」

琴子は立ち上がり、隆明に深々と頭を下げた。

部屋を出て、廊下から離れへ向かう。琴子の後ろには青井が続く。暫くは無言の時が続き、琴子のドレスの衣擦れの音だけが響いていた。やがて足を止めた琴子は、ゆっくりと口を開く。

「青井、申し訳ありません」

琴子は青井を振り返り、頭を下げた。

「奥様、何を謝られることがありますか」

「……私、貴方を巻き込んでしまった」

琴子の声が震えていた。青井は静かに首を横に振る。

「望んで、巻き込まれたのです。千武男爵からの招待状を頂戴した時から、決めていたことです」

今から半年ほど前のある日、琴子の元に、千武男爵家からの夜会の招待が届いた。黒塚隆良は地方に出ており、隆明は役所近くの別宅に詰めていた。

「お断りして下さい」

青井にそう伝えたのだが、千武家は更に書状を書いて寄越した。

曰く、名も明かさなくてもいいし、正体を明かす必要もない。夜会服を作るためにこちらから仕立師を伯爵家に送り、その代金もこちらが支払う。ぜひ一度、おいでいただきたいと記されていた。

「殿様がいらっしゃらないのに」

困惑する琴子に青井は閾の手前で膝を止めたまま、身を乗り出した。

「いらしてはいかがでしょうか」

青井の言葉に琴子は驚いた。

「しかし、殿様に知れればただではすみますまい」

「内密にいたします。女中たちにも悟られぬよう、仕立師もこちらの離れに私が連れて参ります。夜会も裏の門から出かければよろしいのです」

「一人で行くのは」

「私がお伴をいたします」

青井の声には微かな熱があった。

「なぜ、そのようなことを……」

青井は唇を嚙みしめたまま首を横に振った。

「奥様を、お外へお連れしたいからです」

「そと」

そと、という言葉が、甘美に聞こえた。胸が高鳴り、身の内から震えが駆け上がってくるのを感じた。

「分かりました」

琴子はそう返事をした。

恐らく、その瞬間から、今日、ここへ至る歯車が回り始めていたのだろう。

美しい紺の生地で作られた夜会服を纏い、裏門から青井と共に邸を抜けた。燕尾服の青井に連れられて訪れた麻布の千武邸は、さながら異国の城のように、幻想の世界の出来事のようにさえ思われた。

「美しい貴婦人でいらっしゃる」

夜会にいた紳士たちに声をかけられ、華やかな淑女たちの衣装に目を奪われ、舞うように時を過ごした。

「貴女が奪われたものが、全てここに在るのですよ」

不意に夜会にいた一人の老紳士に声をかけられた。黒塚とさほど年の変わらぬその男は、紋付きの着物を着て琴子の傍らに立っていた。

「千武男爵です」

青井に教えられて、その男を見る。

黒塚よりも遥かに穏やかで、知的な男に見えた。

「貴女が貴女の人生を取り戻すために、お手伝いをして差し上げましょう。私の手を取るも取らぬも、貴女一人のお心にお任せします」

美しいホールの片隅にあるシガールームで、淡いランプの光の下、淡々と老紳士は語った。

曰く、決して手を汚すことなく、全ての望みを叶える術があるのだと。それを知りたければ、ただ「是」と答えた手紙を送ってくれればいいと。

琴子はふわふわと足元が覚束ないまま、帰りの馬車に乗り込んだ。青井と並んで座っていて、初めてざわざわと指先まで血が滾《たぎ》っていることに気付く。

傍らにいる青井の腕を摑み、その肩に顔を埋めた。これまで触れたくても触れることができなかった禁忌が、破られた。

「奥様」

青井が窘めるように声を上げたが、そんなことはどうでもよかった。

ただ涙が溢れて止まらなかった。止まっていた全てが軋《きし》みを上げながら動き始めたようなそんな気がしていた。

青井が何も言わず、琴子の背を撫でてくれたことで、一層、胸が掻き乱される。

「人生を取り戻す」という言葉の意味がここに在るように思えた。青井の手を放さずにいたいと切に願う。

長い沈黙が流れた。馬車の車輪の音だけが響いていて、それがさながら運命の輪の動きが加速していく音のように琴子には聞こえた。

「奥様、お望みを叶えましょう」

青井の静かな声が狭い馬車の中で重く響く。琴子が顔を上げると、青井と目が合った。青井は揺るがぬ決意を秘めた目で、琴子を見た。

「叶えましょう」

青井は確かめるようにもう一度、はっきりと口にした。

それからの半年の間、琴子は息を潜めるように生きていた。

果たしてどんな計画なのか分からない。ただもしもこの望みを悟られれば、またいつかのように怒り狂った伯爵が刀を持ってやってくるかもしれない。そう思うと夜、眠ることさえできなかった。或いは、この部屋の外で、青井がその意図を気付かれて、殺されてしまうのではないかという恐怖が絶えず襲ってきた。

数日後、黒塚が妾の所へ出掛けた日に、千武家からと思しき手紙が届いた。

そこには詳細に策が記されていた。

まずは、黒塚伯爵にとって取るに足らぬある山を一つ、その死後に名義を書き換える約定をした書類を作ること。そして、八苑子爵にその山を千武家が買い取る意志があることを示すことなど事細かに記されていた。手紙はその場で燃やし、琴子は決意を固めた。

「兄に手紙を書きます」

琴子は指示に従って、詳細を省いた文を書き、それを青井が届けて口頭で指示を下すように伝えた。

青井はそれから顔を見せることがなくなり、この広大な屋敷の中でただ一人、取り残されたような孤独感だけが広がっていた。自分が青井に縋ってしまったことを恥じ、悔しく思った。手遊《てすさ》びに着物を縫い、時折、本を読み、こんな日々がまた、続いていくだけなのだと思っていた。

そうしてあの夜会の日。襖の向こうに青井がいた。

「お殿様が、お亡くなりになりました」

青井の声は至極冷静で、落ち着いていた。

「亡くなった……」

確かめるように口にしてみたが琴子はまるで実感がなかった。

黒塚伯爵と顔を合わせることさえ、この一年あまりない。死んだのだと言われても、何の実感も湧かなかった。ただ、あの部屋を出ると、女中たちがこれまでになく忙しなく走り回っていたことで、初めて少しだけその死が現実味を帯びてきた。

廊下を渡り、華やかなホールに足を踏み入れた。洋館に改築されたこのホールに立ち入ったのは、恐らくそれが初めてのことだった。

散らかったホールには、さながら玉座のような椅子が置かれており、項垂れた伯爵が座っていた。家人たちはそれを遠巻きにしており、誰一人として、駆け寄る者もいなかった。

そして琴子もまた、駆け寄ることはない。

「本当に、亡くなられたのですか」

無感動な音で発せられた琴子の問いに、女中や家人は顔を見合わせ、頷いた。警察の者だと名乗る人物たちも、戸惑ったように琴子を囲んでいた。

「ただ今、ご長男は外遊中だとうかがっております。ご遺族は奥方様だけでございますので、奥方様のご裁可を待とうと存じまして」

「裁可……とは」

琴子の問いに、家令の青井が前へ進み出た。

「伯爵は亡くなられました。目立った外傷もありません。病死かもしれませんが、或いは毒殺の可能性もあると、警察の方はおっしゃっています。もし犯人がいるとしたら、それを捜すこともできますが、事と次第によっては、伯爵のお名前を汚すことになるのではないかと、案じておられるのです」

「名前を汚す……」

琴子がその言葉を反芻《はんすう》すると、警察官は足を踏み出し、慌てた様子で手拭いで額を拭う。

「いえ、無論、かように偉大な御仁ともなれば、あらぬ恨みを買うこともございましょう。しかし、英雄色を好むと申しましょうか、或いは痴情のもつれといった理由で殺されていた場合、いらぬ好奇の的になることも……。あ、お気を悪くなさったのでしたら、失礼を」

警察官の言葉に、琴子は俯いたまま首を横に振った。

笑い出しそうなのを堪えるのに必死で、肩を震わせながら口元を覆う。

「いえ……。お殿様でしたらあり得る話ですわ」

警察官は顔を伏せたまま小さく震える琴子を案じつつ言葉を接いだ。

「その……無論、最終的なご判断は、新当主となられるご子息からのご連絡を待つことになりますし、真相を隠すことが必ずしも是とは申せません。最低限、事の真相を追及するとしても……その、当面、私どもがどう動くかを考える上で、現状の奥方様のご意見をうかがえればと思いまして……」

琴子は、ようやっと息を整えると、顔を上げ涙目で警察官を見つめた。

「故人の名誉のためにも、できることならば、病で亡くなられたと……そうして下さいませ」

警察官は、ほっとしたような表情で琴子に敬礼をすると、その場を後にした。

それから、女中や家人が慌ただしく伯爵の遺体を二階の豪華すぎる居室へと運んで行った。

散らかったホールに残った琴子は、青井と二人になった。

「貴方が、なさったの」

琴子は空になった椅子を見つめたままで問う。

「いいえ」

青井の低い声がホールに響く。

「奥様が書かれたお手紙を、八苑子爵にお届けしたまでです」

琴子は頷いた。ぐっと手を固く握りしめ、振り返り、青井に駆け寄ろうと足を踏み出しかけた時、青井が手を挙げてそれを制す。

「そこから、お近づきになりませぬよう」

琴子は足を止める。

「ご葬儀が終わり、貴女が伯爵夫人でなくなるまでは」

青井はその場に膝を折り、頭を下げる。

「私は貴女に忠義を誓います。父と同じように、命を懸けても。決して疑い召されませぬよう」

琴子は黙って深く頷いた。

離れの入口まで辿り着くと、琴子は青井の手をそっと取った。青井はそれを拒もうとはしなかった。

「貴方にとっては、屋敷を追われ、不本意かもしれませんが……一緒に、鎌倉に来てくれますか」

青井は静かに目を閉じる。

「ご一緒させて下さい」

琴子はゆっくりと額を青井の肩へ押し当てた。

○

馬車は三田への道をひた走る。

冷静な表情を崩さない影森怜司の向かいで斗輝子は落ち着かない。

黒塚伯爵邸への道のりを、怜司と辿るのはこれで三度目になる。悪態をつきながら夜会に向かっていたのが遠い昔のように感じられた。

怜司は馬車の中で胸元に仕舞っていた帯留めを取り出した。

「それ……貴方のお母様の形見だとおっしゃいましたよね」

「そうですよ」

斗輝子はその帯留めをじっと見つめる。

「……水仙は、当時の八苑子爵令嬢琴子様のお印であったと聞いています。つまり、今の黒塚伯爵夫人ですけれど」

斗輝子は窺うように怜司を見る。怜司は首を傾げる。

「いつの間にそんなことを調べたんでしょう。あの黒塚伯爵夫人が、僕の母だとでもおっしゃるんですか」

「違うのですか」

怜司は、ははは、と軽く笑って見せる。

「僕の母親は、僕が幼い時に亡くなったと、そう申し上げたじゃないですか」

怜司は再びその帯留めを懐に仕舞い、何かを決意したように表情を硬くした。

馬車は黒塚邸の車寄せに止まった。出迎えたのは、家令の青井ではない男だった。

「ようこそおいで下さいました」

その男は、新たな当主、黒塚隆明の下で家令となった吉井《よしい》と名乗った。その吉井に導かれ、広間へ行くと、先日の葬列で親族の先頭を歩いていた黒塚隆明が待っていた。

「いらっしゃい、今日はお一人とうかがっていましたが、ご令嬢もご一緒だとは」

怜司が前へ出た。

「御前にはお許しをいただいて参っております。過日の夜会で事件に遭遇したせいもあって事の次第を知りたいご様子なので」

怜司は斗輝子を振り返る。隆明は笑ってテーブルに座るように勧めた。

「旧弊に囚われていた父とは違い、何につけ千武男爵は先進的でいらっしゃる。私も、女人もまた自由であるべきだという見解には賛同しますよ」

黒塚隆明は斗輝子を一瞬、値踏みするように見つめた後で、作ったように笑った。

二人の前には緑茶と茶菓子が出される。吉井が、隆明の背後から一通の書類を手渡した。隆明はそこに署名をし、封書にして怜司に渡す。

「これを、御前にお渡し下さい」

「それは……」

斗輝子が問うと、言っていいものかと隆明は怜司を窺う。怜司が頷くと、隆明は口を開く。

「今後、当家が千武家の事業に関して、お力添えをさせていただく旨を記した書面です。いわば、密約のようなものでしょうな」

斗輝子は隆明の言葉の意味が分からず怜司に答えを求める。

「新しく伯爵になられた隆明様は、かねてより千武家と親睦を深めてこられた。先代が亡くなられたことで、障壁はなくなったということになります」

それでも首を傾げる斗輝子を見て、隆明は、ははは、と豪快に笑った。

「遠回しな物言いですね。要は、父の死は当家と千武家にとって吉事だったということですよ」

斗輝子が驚くのを余所に隆明は言い募る。

「父は時代の流れが分かっていなかった。しかし、家督を譲られぬ以上、私は何一つ決めることができない。最早、父の存在は、諸悪の根源でしかなかった。少なくとも、私や、貴女のお祖父様、お父様にとってはね」

　斗輝子は絶句したまま隆明を見つめるしかできない。

「父はね、昔、言ったのです。母が死んだのは、武士の妻にあるまじき不心得のせいなのだと。武士とは常に、戦の中にある。油断は一切許されるものではないのだと。妻たる者も同じことだと。まさか、夫に斬り殺されるなどとは思いますまい。しかし、それも油断と言ったのです。ならば、あの男も、己の言に従い、一切の油断は許されなかった。殺されたのは、あの男が既に武士ではなかったからに他なりません。常に戦は続いていたのですからね」

　隆明はその内にある父への憎しみを隠そうとすらせず、むしろその死を父への罰として喜んでいるようにさえ見えた。

　そしてふと怜司に目を向ける。

「君も、ある意味で父の被害者かもしれないな」

　怜司は隆明を黙って見つめ返す。

「義母上は近く、鎌倉の寮へ移られる。千武男爵から、事の次第を聞いていたので、その前に、君と会わせておこうと思っていてね。すぐに洋館の応接間に連れて行くから、そちらへ」

　隆明は忙しなく立ち上がる。斗輝子は事の次第とやらも分からぬまま、怜司について行く。洋館に設えられた応接間は、高い天井と大きな窓、臙脂の壁紙で落ち着いた雰囲気である。

斗輝子と怜司は、ソファに浅く腰掛けて、夫人が来るのを待っていた。

「つまり、どういうことです」

二人になったのを見計らい、斗輝子は怜司に詰め寄る。怜司は静かに語る。

「伯爵は、万年青の毒で八苑子爵に殺された。それは紛れもない事実です。しかし、黒塚伯爵家はその罪を問わないことで、八苑子爵は無罪放免。ご自身の選択によって、爵位を返上されて、表向きの事件は全て終わりました。あの時、飛び込んで来た浪人が捕まったことだけが、表沙汰になった出来事でした」

「しかし、それで終わりではない……そうでしょう」

ただ単に八苑子爵が黒塚伯爵を殺しただけでは、今、起きている全てを解くことはできない。好奇心という単純な動機で始まった謎解きだが、いつしかその暗い影の中に祖父の姿が見え隠れする。それが不安となって広がり、斗輝子は苛立ちに似た焦りを覚えていた。

「そもそも何故、八苑子爵は伯爵を殺さねばならなかったのか……それが分からない」

斗輝子の問いかけに、怜司は冷静に応えた。

「動機は、道子様の行く末です」

「行く末……というと」

「八苑子爵家は多額の借金を抱えていらした。それを返すためには金が必要だった。金の為には相応の働きをしなければならなかったのです」

「その働きが、伯爵に万年青の毒を盛ることであった……と。ならば金を払った者が真犯人……」

そこまで言って斗輝子は震えを覚える。

あの八苑子爵家の蔵の中のものを買い取り、金を渡したのは他でもない、千武総八郎だ。つまり、総八郎が八苑重嗣を金で雇い、黒塚伯爵を殺したということなのか。

言葉を失い、顔色を変えた斗輝子を見た怜司は、吐息する。

「話はそう簡単ではありません。千武男爵が八苑子爵を雇って黒塚伯爵を殺したとするならば、あっという間に事は露見し、千武男爵とて無傷ではいられない。伯爵を殺したい人は他にもいたのですよ」

怜司はふと廊下に目をやる。その先には伯爵家の当主となった隆明氏がいる広間がある。

「黒塚の若様……が」

「先ほど、若様がおっしゃったとおり。これは父子の間の戦でもありました。無論、それに加担するからには、千武にも旨味がなければならない。それがこの密約です」

怜司は懐に入れた封書を叩く。

「曰く、黒塚は今後、ビジネスにおいて三輪ではなく千武を重用する……とね。真に動機があったのは、千武男爵よりもむしろ黒塚の若様ですよ」

自らが洋行している最中に決行されれば、決して疑われることはない。疑わしくとも、母の時と同じく警察に対して圧力をかけ、

「身内の恥故、内々に」

との一言で片づけるだけの力が黒塚伯爵家にはあった。

「そしてもう一人……恐らく、最も強い動機を持っているかもしれない方が……」

怜司がそこまで言った時に、応接間の扉が開いた。黒塚伯爵夫人琴子が、先日と同様、喪に服した黒いドレスで現れた。相変わらず、透き通るような肌の白さだった。傍らには、青井が控えていた。立ち上がり、夫人を出迎えた斗輝子に、琴子はすっと会釈をし、同じく立ち上がった怜司を挑むような目で見据えた。

「また、貴方がいらっしゃるとは思いもしませんでしたわ。どういったご用件でしょうか」

琴子の声は硬質で、先日までのか細い風情ではなかった。

怜司は徐《おもむろ》に懐から帯留めを取り出して琴子に見せる。

「これを、ご存じですか」

琴子はそれを凝視し、驚いたように顔を上げて怜司を見た。

「それを、どこで」

「母の形見なのです」

琴子はゆっくりと怜司に歩み寄る。

「形見……と、おっしゃったの」

怜司は短くはっきりと、はい、と答えた。

「亡くなられたの」

「はい」

怜司の言葉に、琴子はその場で崩れるようによろめき、傍らに青井が駆け寄ってその身を支え、そのままソファに座らせる。琴子の顔は青ざめているように見えた。

「どういうことなの」

斗輝子は怜司に問いかける。

「僕の母は、八苑琴子というのです」

「え」

斗輝子は思わず声をあげて、慌ててその口元を手のひらで覆った。

「では……」

斗輝子は目の前に青ざめて座る琴子を見る。しかし怜司は首を横に振る。

「こちらにいらっしゃるのは、黒塚琴子様。母ではありません」

言葉遊びのような怜司の言葉に、斗輝子は更に首を捻《ひね》る。

湧き上がる疑問符に、斗輝子は何をどう尋ねていいのか分からず、ただ怜司に先を促す。怜司は慌てる様子すら見せず、淡々と言葉を接いだ。

「八苑子爵令嬢であった母は、黒塚伯爵との婚儀を目前に、僕の父と駆け落ちをしたそうです。既に婚礼の準備も整い、結納金も受け取り、いよいよ八苑子爵家も上向こうかという時になって、花嫁が失踪。慌てた八苑子爵は、必死になって花嫁を捜したが、見つけることができなかった。黒塚伯爵には妹が自害したと告げたものの、伯爵は激怒したそうです。それはそうですよね。公然と若い娘に虚仮《こけ》にされたとあれば、伯爵の面目は丸つぶれだ」

怜司はすっと目の前にいる琴子を示す。

「そして、母の代わりに綿帽子を深く被せられ、花嫁の席に座らされたのが、この方です。嫁ぐ前は、由紀さんとおっしゃったそうですね」

斗輝子はその名に聞き覚えがあった。

八苑子爵邸で重嗣が言った、琴子のお付きの女中の名前だった。

八苑子爵が斗輝子と八重の様子を見て、妹とその女中のことを思い出すと言っていた。その時は何の気もなしに聞き流していたのだが、まさかその女中が、幾度も会っていた伯爵夫人であろうとは思いもしなかった。

琴子はゆっくりと顔を上げ、斗輝子を見つめた。

「お嬢様は今、御幾つでいらっしゃるのでしょう」

「十六になります」

「そう……今、お幸せでいらっしゃるかしら」

問いかけの意図は摑めないが、斗輝子は曖昧に、ええ、と頷いた。

「羨ましいこと。私は十六でこの屋敷に足を踏み入れてから今日まで、心が休まる時がなかった……」

琴子は喉の奥から絞り出すように話す。そして唇を引き結び、黙り込んだ。

「何が……あったのですか」

斗輝子の問いに、琴子は寂しげに微笑む。

「何と言って……一言ではとても」

暫しの躊躇の後、琴子は傍らにいる青井を見る。青井は静かに頷いた。

「お話しなさることで、荷が下りることもあるやもしれません」

穏やかな声に促されるように、琴子はゆっくりと語り始めた。

「お姫様《ひいさま》がある朝いなくなっていて、私は慌てました。けれど、かねてより悪い噂の絶えなかった黒塚伯爵に嫁ぎたくないというお姫様のお気持ちも知っていた。いっそ、良かったのかもしれないとさえ思っていました。まさか、私に火の粉が降りかかるとも知らず、いい気なものでした」

琴子は訥々と続ける。

「私はしがない女中でしたけれど、母も父もおりました。花嫁修業のためにとお屋敷奉公をしており、いずれは似合いの方に嫁ぐのだと、細《ささ》やかな夢を持っておりました。子爵は、身代わりは嫁入り行列だけだと、おっしゃったのです」

深く綿帽子を被せられ、婚礼の間中、一度も顔を上げることも許されず、緊張したまま時を過ごした。婚儀が終わり、役目を終えたとほっとして、帰ろうと思ったが、八苑子爵の姿も、子爵家の人々の姿もない。当然のごとく、黒塚伯爵家では花嫁のための支度が進められ、寝所へと送られた。

「望んだ嫁ではないが、金で買ったと思えば仕方ない……と、伯爵は言いました」

琴子の声は震えていた。

それから数日の間、黒塚は琴子を抱きに寝所に訪れた。しかしそれからパタリと足を運ばなくなった。ほっとしたのも束の間、今度は離れへと移るように命じられた。

「八苑琴子の顔を見知っている者もいる。替え玉を掴まされたなどと知れれば恥だ。以後、この部屋から出てはならない」

琴子は半ば幽閉されるように、小さな離れに住まわされた。待てど暮らせど、八苑子爵家からは助けは来ず、息を潜めるような日々は続いた。

「二十年……私は、伯爵の刀に怯え、八苑子爵を恨み、お姫様を呪い、暮らしてきたのです」

顔を上げた琴子は数日前までの艶やかな貴婦人の仮面を脱いでいた。怯えて悲しむ少女のような双眸は涙に濡れている。そして目の前の斗輝子に「お姫様」を重ねているように、怒りを滲ませる。

「お嬢様には分かりますまい。この胸の内に、澱のように積もる思いが、黒い塊となって、暴れまわるのです。それを無視しようとすればするほどに、私の心は死んでいく」

琴子はその心を宥めるようにゆっくりと肩で息をする。

「死にかけた私の心を呼び覚ましてくれたのは、お嬢様、貴女のお祖父様でした。望みを叶える術を教えて下さった。黒塚伯爵を殺し、八苑子爵を陥れる術を……」

斗輝子は胸元で拳を握りしめる。聞きたくなかった。しかし同時に「やはり」という思いもあった。戸惑う斗輝子を置き去り、琴子は続けた。

「私は、生きているのだと思った。生きながら棺に入れられた私にも、ここから出る術があるのだと思った」

琴子は身の内から湧き上がる震えを抑えるように、両腕で自分の体を抱きしめる。

そして今度は怜司に目を向けた。

「影森さん……でしたわね。貴方を見た時に、私は思い出しました。八苑子爵家の庭先に現れ、お姫様に会いにいらした、あの青年を。それほどに貴方は似ておられた。貴方はお姫様のお子ではないかと、初めて会った時から思ったのです。我ながら、悪い勘は悉《ことごと》く当たるものですね」

琴子は自嘲するように笑った。

「私とて、恋しい人の子を産み、育ててみたかった。たとえ憎い伯爵であっても、せめて子でもあれば、少しは救われたかもしれない。しかし、忘却の果てに置き去られた私には、その全てが手に入らなかった。それなのに、お姫様は……私を犠牲にしたお姫様は、全てを手に入れているなんて、そんな報われぬ話があるものかと……」

琴子の声は最後は掻き消えるようにか細くなり、その潤む目は怜司を見据える。視線の先で怜司はふっと冷笑した。

「そんな、お伽噺《とぎばなし》のようなことはありませんよ。母は僕を一人で産んで、庄屋の離れで暮らしていました。父という人の記憶はありません。貴女がお住まいだったあの離れとさほど変わらぬ住いの中、生きる術を知らぬ母はじっとそこに座り込み、子爵家にいた頃のことを懐かしみ、こんなはずではなかったと、口癖のように呟いて……死にました」

琴子の表情から燃えるような怒りが少しずつ薄らぎ、次いで悲しみに似たゆらぎが見えた。

「貴女の呪いが届いたのかもしれない。貴女の勝ちですよ」

怜司はさらりと言い放ち淋しげに笑う。

琴子は怜司の顔をじっと見つめていたが、やがて弾かれたように笑う。甲高い笑い声は、喜びのそれではない。痛みを吐き出すような音で、聞いている者の心をも蝕むような響きである。いつしか笑い声は泣き声に変わり、琴子はそのままソファに突っ伏した。

斗輝子は咽び泣く琴子の姿を見つめ、それから傍らにいる怜司の様子を伺う。

怜司は努めて冷静に、琴子を見守っている。琴子が怜司の母に対して向ける怒りも憎しみも、怜司が痛みを覚えないはずがない。それでも表情を変えずにそこに座っていた。だが、膝の上に置かれた手が固く拳を握り、小刻みに震えているのに気づいた。

静かに肩で息をすると、ソファからゆっくりと立ち上がった。

「母に代わり、貴女に詫びるべきだと、千武男爵に言われて参りました。これからの貴女に幸多からんことを」

怜司はそう言うと、琴子の前から逃げるように背を向けて足早に部屋を出る。斗輝子は何も言えずにそれに続いた。

部屋の外には隆明と、家令の吉井がいた。隆明は改めてしみじみと怜司の姿を見つめる。

「ほんとうによく似ているね……君の父上が、八苑琴子嬢と踊る鹿鳴館の夜会を、私は今でも覚えているよ。美しい若者たちだった」

「さようでしたか」

怜司は一言だけ答え静かに礼をすると、車寄せに急ぐ。斗輝子は小走りでそれについていった。馬車に乗り込んだ斗輝子は怜司と向かい合わせに座ったまま、黙り込む。馬車が走り始めて、車輪の音ばかり響く中、先に口を開いたのは斗輝子だった。

「聞いてもいいかしら」

怜司は黙っている。

「お祖父様は……全てをご存じでいらしたのね。夫人の思いも、子爵のことも」

「そうですね……。しかし、御前は何一つ強いてはいらっしゃらない。八苑子爵とて、手を下さないという選択もできたのです。それでもやってしまったのは、子爵ご自身の罪に他なりません」

「でも……お祖父様に罪はないのかしら……」

祖父が企みをもって動いたことで今回の一件は動き出した。それはむしろ最も大きな罪ではないだろうか。

「貴女は、そういうことの積み重ねの果てにいらっしゃる」

怜司ははっきりと言い放つ。

「富も権力も、戦の果てに手に入るものです。蹴落とし、抗い、裏切る。それは双方共に覚悟の上のことなのですよ。もしも、それを認められないとおっしゃるのなら、貴女は出家なさるなり、女郎に身を落とすなりなさるしかない」

斗輝子は一言も言い返せないが、怜司に怒る気もなかった。ただ、これまで信じていた己の足元が、ぐらぐらと揺らぐ不安を覚えた。怜司は感情を捨てた冷たい目を斗輝子に向ける。

「僕の母は、何一つ知らなすぎた。だからお伽噺のような恋に酔い、子を産み捨てて心を病み、命を落とすことになった。強かに生きることは、穢れる覚悟をすることです」

田舎から出てきた書生だとばかり思っていた青年が、不意に得体の知れぬ人物に見えてくる。

「貴方は、何者なのかしら」

「僕の母は、八苑琴子です。父のことは、僕もよくは知りません。しかし、僕とよく似た顔をしていたのでしょう。だからあの夜会の時、伯爵は僕を見て驚いておられた」

確かに黒塚は斗輝子の挨拶はおざなりに聞いていたが、突如、何かに驚いたように立ち上がった。

「あの時、貴方は黒塚伯爵が何に驚いたのかご存じだったのね」

怜司は応えずに、窓枠に頰杖をつくと、外へ視線を向ける。

馬車は間もなく麻布の坂にさしかかろうとしていた。

「貴方が千武家に来たのは今回のためなの」

「さあ……僕もまさか、黒塚伯爵が殺されることまでは知りませんでしたけどね。あの夜会には八苑子爵が来ることは知らされていました。僕は八苑子爵にとって唯一の六親等内の血縁の男子です。あの帯留めを子爵に示せば、僕は子爵家を継ぐことができるかもしれない。そう言って、御前に呼ばれたのです。来年には法が変わって、主の妹の子は継げなくなるとか……全く勝手ばかり」

斗輝子はじっと怜司を見据える。

「でも貴方は子爵に名乗られなかった」

「子爵が伯爵を殺して夜会を去ったのですから、隙すらなかったじゃありませんか」

怜司は自嘲気味に笑いながら再び窓の外へと目をやる。

「今夜も母の不始末を詫びてくるといいと言われても……。不始末の迷惑を、一番蒙《こうむ》っているのは僕自身だというのに……」

どう応えていいのか分からずに斗輝子は口を噤む。

「そんな顔をしなくて結構ですよ」

「どんな顔です」

「困り果てた顔ですよ」

斗輝子は慌てて自分の顔を窓に映す。怜司はその斗輝子を一瞥して吐息した。

「安っぽい言葉をかけて下さいますな。貴女のように恵まれて生きてこられた方には、僕の気持ちは微塵も分からない。そして、分かろうとする必要もないのですから」

怜司はそう言い放つと、全身で斗輝子の存在を拒絶するように沈黙した。

馬車は屋敷への坂を上り、車寄せで止まった。

「では、失礼します」

馬車から降りると早々に怜司は一つ頭を下げ、庭の暗闇へ消えて行く。その背中を見つめながら、斗輝子はじっと立ち尽くしていた。

「お帰りなさいませ、お嬢様」

声に振り返ると八重が笑顔で立っていた。斗輝子の目に涙が浮かんだ。

「どうなさったんです」

怪訝そうに顔を覗き込む八重に斗輝子は思わず抱きついた。

きっと、怜司の母であった琴子と、黒塚伯爵夫人となった女中の由紀も、こんなふうに共に育ち、笑い合ってきたのだろう。その道が分かたれて重ねられた二十年という歳月を思った。そして、伯爵夫人の悲痛な笑い声と、それとは裏腹に冷静すぎる怜司の言葉が交互に脳裏を過り、ただ心が掻き乱される。

八重は訳が分からぬ様子で、とりあえず斗輝子の背を撫でる。

「全く、今度は何ですか」

「私は八重とずっと一緒にいたいわ……」

「ありがとうございます。私もお嬢様とご一緒したいですよ」

おかしなお嬢様、と笑う八重を抱き締めたまま、斗輝子は幼い子のように泣いていた。

その夜、斗輝子は一人、和館へ向かう廊下を渡る。薄暗い廊下は物音一つしない。斗輝子自身、この廊下を祖父に呼ばれもせずに歩くのは初めてのことだった。

祖父、総八郎の部屋の前で、斗輝子は立ち止まる。声をかけるのが憚《はばか》られ、逡巡《しゅんじゅん》していると、思いがけず内側から襖が開いた。驚いて見上げると、そこにはいつもの関口ではなく祖父総八郎が立っていた。

「いつまでそこに立っているんだい。入りなさい」

祖父の口調は相変わらず穏やかだった。斗輝子は静かに頷き、部屋へ足を踏み入れた。

「どうした」

祖父は床の間を背にして座りながら問いかける。斗輝子はただ黙って祖父の正面に座った。そして膝の上に置いた手で強く拳を握る。

「お祖父様は、黒塚伯爵夫人の秘密をご存じでしたの」

総八郎は予め聞かれることを分かっていたように至極冷静に頷いた。

「つまり八苑琴子嬢と共に姿を消した怜司君の父は、私の古い友人の息子だった。尤も、彼が駆け落ちまでしていたとは知らず、婚礼と共に、二人の恋とやらは終わったのだろうと、そう思っていたのだ。まさか、身代わりの花嫁が輿入れしているとは思いもしなかった」

総八郎は訥々と話す。

八苑家の先代は写真嫌いで知られており、琴子嬢もまた、写真を撮ったことがなかった。社交界にこそ顔を出していたが、人の記憶は曖昧だ。美しい若い女であった、ということ以外、誰もさほど記憶に留めてはいない。表に出ることもない黒塚伯爵夫人は、時折、その姿を目にする家人や使用人、出入りの商人たちの間でも、

「お綺麗な奥様」

という以上に話題に上ることはなかった。

「ある時、怜司君の父親が私を訪ねてきた。子どもが生まれるというのだ。それで初めて、相手の女が八苑琴子嬢であることを知った。では、黒塚伯爵夫人は誰なのか……それは長らくの疑問だったのだ」

八苑子爵家を調べるうちに、琴子のお付きの女中が一人、消えていることを知った。由紀という女中は美しい娘で、年恰好も琴子とよく似ていたという。恐らくは身代わりになったのだろうと思っていたが、それ以上、立ち入ることはなかった。

「飽くまで他家の話。ましてや当時、飛ぶ鳥を落とす勢いで権勢を増していく黒塚伯爵にたてつくことなど、平民だった私にできるはずもない」

そうして年月が過ぎて行く中で、千武家も少しずつ力をつけ、男爵位を得て、今や政治にまで口出しできるまでにその力は大きくなった。

「それと同時に、怜司君はもう大人になり、書生として千武家に来るまでになった。私はこれまで気にかかっていた、身代わりの夫人を助けることはできないかと、考えたのだ」

「伯爵を殺めるほかに、術はなかったのでしょうか」

斗輝子は知らず祖父に対して詰《なじ》るような口ぶりになる。しかし総八郎は何ら動じる様子もなく、穏やかに首を横に振る。

「私には思いつかないな。あの御仁はかつて、妻を殺しても罪から逃れることが叶った人だ。彼女が屋敷から逃げたところで、恥を嫌う伯爵に、逆に囚われかねない」

確かにこれまで聞いて来た黒塚伯爵は怒り出せば人を殺めることさえ厭わない。囚われるならまだしもあの小さな離れで死んでいてもおかしくはないのだ。

「私は、彼女一人に重荷を背負わすのではなく、同志を募った。新当主の隆明様は、母を殺された憎しみを抱いていたのを知っていた。八苑子爵は、妹の身代わりを嫁がせたことで、ここに至るまで幾度となく社交界で伯爵に嫌がらせをされて、恥をかいてきた。家令は、秘かに夫人を慕っていることを突き止めた」

斗輝子の脳裏には、苦悩を深く刻んだ面々の表情が浮かび上がる。

「あとは全員が得をする方法を探る上で、誰が手を下すのがいいかを考えた。最も身の丈以上の望みを抱いていたのは、多額の借金を完済し、娘に輿入れ先を用意したい八苑子爵だった。その望みのために、夫人と隆明様は偽造の書類を整えた。私は、その山を買い取る算段を整えた。そして隆明様はかねてから黒塚伯爵を付け狙っていた浪人の一人に金を摑ませることで加担した。もしも浪人が伯爵を殺せばそれでよし。それが叶わぬ時は、八苑子爵が手を下す。そういう手筈だったのだ」

斗輝子は一つ一つを頭の中で整理しながら、ゆっくりと言葉を紡ぐ。

「では、八苑子爵お一人ではなく……」

総八郎は深く頷く。

「これはね、斗輝子。殺人ではない。暴君を相手にした反乱なのだ。緻密な戦略を張り巡らせながら、一つ一つの駒を進める。どれか一つでも崩れれば、全員が不幸になるようにできていた」

唯一人黒塚隆良という男を倒すために、積年の怒りと憎しみを糧にして動いていった。あの殺人はその結実だったのだ。

「殺さずに済む方法はなかったのか……と、お前は聞いたね。無論、あったはずなのだよ。あの屋敷に足を踏み入れる前に、由紀が断固として拒めばよかったかもしれない。あるいは、琴子嬢自らが伯爵に嫁ぐことを兄に拒めばよかったかもしれない。或いは、八苑子爵がもっと早々に華族としての体面を捨て去ればよかったかもしれない。いずれにせよ、歯車は回り始めてしまっていたのだ」

琴子の嘆き、八苑子爵の苦悩、黒塚隆明伯の怒り、青井の想い……全てを見聞きしてきた斗輝子は善悪だけで割り切れないことが分かる。分かるからこそ、胸が刺すように痛み、知らず涙がこぼれた。総八郎はその斗輝子に近づくと手を取った。

「お前が生まれたのは、黒塚伯爵夫人が身代わりであったことを知った後だった。私は名づけを慎五郎から頼まれた時に、思ったのだ。この子は、己の手で闘うことができる娘にしようと。だから、闘いを意味する斗の字を入れた。お蔭でお転婆になったのだと、伊都さんには言われるけれどね」

斗輝子は祖父の手の中に包まれた自らの手を見つめ、握り返した。

「あの人……影森怜司さんに言われたのです。私は、闘い、争い、裏切りの果てに積み上げられたものの上にいると。それを拒むのならば、出家するなり女郎になるなりするしかないと」

「彼らしい言いようだ。それでどう思った」

「酷《ひど》いことを言われたと、思ったのですが……彼には一理ある……とも思います」

斗輝子は、眦《まなじり》の涙を無造作に手のひらで拭うと、唇をかみしめて目に力を込めた。挑むような視線の先で総八郎は目を細める。その瞳の奥には不屈の光を宿しているように見えた。

「そうだ。女だとて、闘えばいい。泥にまみれて闘い、その先にある幸いを摑みなさい。それを一瞬でも放棄すれば、奈落はすぐそこだ。あの黒塚伯爵夫人の例を見るまでもない。私はそう思っている」

自らの足元は白く硬い石畳ではない。時には泥濘の中にあり、時には危うい橋の上にある。そこで揺らがぬ強さを手に入れなければならないのだ。

「お祖父様」

「何だ」

斗輝子は祖父の手を取ったまま、真直ぐにその目を見つめる。

「もしもお祖父様が理不尽をなさるなら、私はお祖父様を相手に闘ってもよろしいのですか」

総八郎はやや驚いたように目を見開き、次いで愉快そうに笑った。

「いい目をするね。そうでなければ千武家の娘とは言えない。斗輝子が思うことがあれば、逆らって構わない。但し、私は私の望みのためならば手加減をしない」

斗輝子はこれまでどこか祖父のことを得体の知れぬ怖いものだと思っていた。しかし、こうして向き合って初めてその強さに引きつけられていることを知る。

「分かりましたわ。望むところです」

強気に言いきり、斗輝子は祖父の手を離した。総八郎は放された己の手を見つめ、次いで孫娘に微笑みかける。

「今、私はお前に何も望んでいないよ。ただ、この屋敷の中で安んじているといい。いつかお前が外と闘う時には、私がいくらでも力を貸そう。それを忘れてくれるな」

「有難うございます」

斗輝子は力強く頷くと、祖父に背を向ける。

部屋を出て、自らの手で襖を閉めた。

薄暗い廊下に佇むと、己の胸が早鐘のように打っていることに気づく。

「恐れることはない」

念じるように呟く。

「私は違う」

八苑子爵令嬢のように、夢見るままに逃げるのではなく、黒塚伯爵夫人のように、理不尽な力に屈するのではなく。確かな力をこの手に宿し、足元を踏みしめて生きていく。

それができるのだと信じるだけで、緊張と共に高揚も覚えている。

「私は、闘える」

斗輝子は顔を上げ、真っ暗な廊下の向こうに見える明かりの射す方へと大きく一歩を踏み出した。

○

月明かりが静かに照らす和館の日本庭園の東屋で、怜司は一人、座っていた。手にした水仙の帯留めを月明かりに翳す。真珠こそ輝いていたが、銀の色は鈍く、それだけ過ぎた月日を感じさせた。

「……こんなはずではなかったのに」

怜司は呟いて苦笑する。

それは母の口癖だった。

怜司の記憶の中にいる母は、いつもそう呟いて窓の外を眺めていた。庄屋の長屋門の部屋に住まい、庄屋の人々にかしずかれながら、およそ幸せとは縁遠い顔で、白い横顔を怜司に向けていた。

「お母様」

呼んだとしても、怜司をちらと見るだけで、微笑みかけられたことも、抱き上げられた記憶もなかった。

「結局、その帯留めは役に立たなかったのか」

背後から声がして、怜司は後ろを振り返る。そこには千武総八郎が立っていた。怜司が何も答えずにいると、総八郎はゆっくりと歩み寄り、傍らに腰を下ろす。怜司は手の中で帯留めを弄《もてあそ》ぶ。

「それを見せれば、君が八苑琴子の子であることは知れただろう。君は子爵家の跡取りになる目もあったはずなのに」

華族について取り決められた華族令は、明治の黎明期から度々にわたり改正が行われ、中でもとりわけ爵位の相続については、相続人の規定に「男系男子」との文言を盛り込むか否かが昨今の大きな問題であった。

旧来の公家や武家の家憲から言えば、娘しか相続人のいない八苑子爵家の場合は、婿を迎えて養子とすればいい。或いは、現在の子爵の妹の子、つまり怜司を養子として迎えて相続人としても構わなかった。しかし、新たな条文で「男系」に限られるとなると、いずれも爵位を相続するものとしては難しく、早晩、八苑子爵家は断絶することとなる。

春先のこと。突如、総八郎が怜司を訪ねて来た。

「もしも君が子爵家を継ぎたいのならば華族令が変わる前の今しかない。君が養嗣子になるなり、従妹である道子嬢の婿に入るのも一つの方法だ。八苑子爵はもう長くない。少し考えてみた方がいい」

怜司は思い悩んだ。爵位に関心があったかというと、そうでもない。ただ、血縁者がいるという事実が嬉しくもあった。

「今度の黒塚伯爵邸の夜会には、八苑子爵もやって来る。一度、会って来なさい」

会うだけならば構わないだろうと、ポケットに母の形見の帯留めを忍ばせて、黒塚伯爵邸に向かったのだ。

怜司は傍らの総八郎に向かって苦笑する。

「お蔭であの夜会の間中、僕はずっと八苑子爵の動きに気をとられていました。八苑子爵が黒塚伯爵のグラスに毒を入れる時も、しっかりと見ていましたよ」

総八郎は、そうか、とだけ答えた。

夜会で捕物を終えた瞬間、怜司は八苑子爵の姿を捜した。或いは自分の姿を見ていたのではないかと思ったのだ。肉親に縁の薄い怜司にとって、八苑重嗣はたった一人の伯父《おじ》であった。紳士たちに囲まれながら辺りを見回すと、八苑子爵の姿が黒塚伯爵の傍らにあり、椅子の陰に隠れるようにグラスに何かを入れたのが見えた。

その後、黒塚伯爵が亡くなったのだ。

「御前。あの夜、黒塚伯爵が狙われていることを十分に分かっていながら、何故、僕をあの夜会へ行かせたのですか」

総八郎の目尻に深く刻まれた皺は、その年月を思わせ、老いよりも威厳を強く感じさせる。

「君がここに至るまでの集大成が、あそこにあったからだ。見ておいていいだろうと思ったのだよ」

怜司は、ははは、と乾いた笑い声を立てた。

「なるほど、貴方らしい。十年前もそうでした。貴方はたった十歳の子どもに過ぎない僕にも、遠慮がなかった。覚えていますか」

「覚えているよ。君の母上が亡くなった頃だね」

母を亡くし、庄屋の世話になりながら不安に駆られていた日。突如、訪ねて来た紳士の姿を、怜司は今でもはっきりと覚えている。背広に帽子を被ったその男は、父の知人で千武総八郎と名乗った。

「これから君の衣食住に関わる全ての費用は私が持つ。その代わり、君は帝大に入り、いずれ私の役に立ちなさい」

親を失った怜司を憐れむこともなく、甘やかすこともなく、淡々と告げられたその言葉は、しかしどんな同情の言葉よりもはっきりと、怜司の進むべき道を照らしていた。それからずっと、この千武総八郎という男を追いかけていたように思う。

「……まさかあの時は、こうして東屋に並んで座る日が来るとは思いもしませんでした」

怜司の言葉に、総八郎は何も答えようとはしなかった。二人の間にしばらくの沈黙が続く。しかし、その沈黙が心地よくもあった。

「貴方には、感謝をしています」

怜司の言葉に、総八郎はやや意表を突かれたように怜司を見た。

「何を言うかと思えば」

「本当ですよ。僕の周りには、僕に真実を話してくれる人はいなかった。母は何者なのか、知ることもできず、父を恨もうにも手がかりすらなく……しかし、貴方のお蔭で少なくとも、伯父らしき方には会えましたからね」

「八苑子爵は何と」

怜司は黙って首を横に振った。

「何も。あの人は全てを諦めて死のうとしていたので」

黒塚伯爵の葬儀の日、怜司は総八郎に言われて八苑子爵邸に出向いた。少なくとも、母の死を伝えるべきだろうと言われたからだ。千武家の書生だと名乗ると、八苑子爵は会うと答えた。だが、怜司の顔を見ると苦々しい表情を隠しもしなかった。

「不吉な顔だ」

ベッドに横たわった八苑重嗣は開口一番、そう言った。重嗣にとっては、妹を嫁がせて起死回生を図ろうとしたのを邪魔した、憎い男にそっくりな顔なのだろう。

怜司はそれでも、母、琴子の死を伝え、その証として水仙の帯留めを見せた。

「確かに君は血縁なのだろう。だが最早、この子爵家を維持することは諦めた。帰ってもらいたい」

重嗣の声は揺らぐことがなかった。その言葉に自分が思いのほか、傷ついていることに怜司は驚いた。

その時、卒然と母が呪文のように繰り返していた言葉が、脳裏に蘇る。

「この子はいずれ帝都に帰り、華族として暮らすのですから」

行方も知れぬ自分の恋人や、想像だにしなかった暮らしに絶望した母にとって、八苑家は唯一の寄る辺だったのだろう。それが幻でも縋りたかった母の気持ちを、怜司は頭では十分に理解しているつもりでいた。だが、その呪文のような言葉は、記憶よりも更に深く、怜司の心の奥に突き刺さり、怜司自身にとって唯一の己の素性を証すものであり、母以外の世間とつながる縁《よすが》であったのだと、今更ながら思い知らされた。

しかし、黒塚伯爵夫人にとってそうであったように、重嗣にとってもまた、母は裏切り者なのだろう。そして、実の妹である母を憎まぬために、彼は妹を忘れ去ることにしたのだ。突然現れた亡霊のような甥を、跡継ぎとして迎えたいなどと言うはずがないのだ。

怜司は己の内の動揺を悟られまいと、

「さようでございますか」

とだけ答えて引き下がろうとした。だが、傍らに控えていた八苑家の女中頭の杉は、強引に怜司の腕を摑んだ。

「貴方様がいらしてくだされば、当家はまだ保てます。御前が何とおっしゃろうと、お姫様のお子であるならば」

杉と名乗ったその女中は、何度も同じ言葉を繰り返した。その声を聞いた重嗣が、どんな顔をするのか、怜司は思わず横目で重嗣を見た。だが、ベッドに横たわる重嗣は、天井を睨んだままで、表情を変えることがなかった。怜司はその瞬間に、母から繫がる鎖を断ち切る決意をした。


「余命幾許もない重嗣氏の言葉など、無視してしまえばよかったものを」

総八郎は経緯を聞いてから、あっさりとそう言い放つ。

「貴方がそうおっしゃいますか。八苑重嗣を殺人という罪に陥れた貴方が」

「致し方あるまい。か弱き女性が、己の人生を取り戻す手伝いをしたまでのこと」

怜司はその言葉を聞いて、声を上げて笑った。

「それではまるで、貴方はただ善意の人のような口ぶりですね、御前。貴方には貴方の目的があったはずでしょう」

「何のことだい」

怜司は傍らの総八郎の顔を覗き込む。

「これは、父が母を奪ったことから始まっているのではありませんか」

総八郎の顔から余裕が消える。怜司は追い立てるように話し続ける。

「母は言っていました。父は母に恋ゆえに近づいたわけではなかったのだと。そのことに、今更ながら気が付いたと……」

「それは悲しいことを言うものだね。とても美しい恋物語だったのではないのかい」

総八郎はさながら謡《うたい》でも詠むようにそう述べる。しかしその声音に重みはなく空虚に聞こえた。怜司は静かに首を横に振る。

「今回、貴方と黒塚伯爵を巡る諸々を見ていて思ったことがあります。父は、貴方のために母を取り込み、黒塚伯爵夫人に仕立て上げ、内通者に育てようとしたのではないのですか」

総八郎は、ほう、と、感嘆する。

「それならば、君の父親は私の手下というわけか。しかし、彼は令嬢と共に逃げてしまった。となると、私は内通者を作るはずが、裏切られたわけだね。つまり今、私は裏切り者の息子とこうして並んでいるというわけだ。なかなか気が利いている」

「委細は分かりません。しかし、元々は貴方が仕組んだことが切っ掛けだった。そして今回もまた、黒塚伯爵夫人を助けるなどという善意が理由ではない」

「どうしてそう言い切れる。君が考える通り、全ての始まりが私の企みにあると言うのなら、むしろ罪滅ぼしをしたと考えられるだろう」

探るような眼差しを向ける総八郎に、怜司は首を横に振る。そんな単純な理由でこの男が動くはずはない。

「貴方には貴方の企みがあったはずだ。そして僕はそれに巻き込まれてしまった」

総八郎は怜司の言葉を否定しない。ただ静かに微笑んで小さく頷いた。

「無論、ただの善意ではないさ。それだけではあの伯爵を殺すには割に合わない。しかし今ならば、殺すに見合う利がある。千武家はこれから大陸での商戦に勝つことができる。そのために黒塚家との因縁を断ち切りたかった。あのご老体がいる限り、千武家は目の敵にされ、それは叶わないからね」

「他にも何か……あるのではありませんか」

「他に、私が何を手に入れた」

「……あの、山。今回、黒塚伯爵から八苑子爵に譲られ、遂に貴方の手中に入ったあの山……あそこに何か意味があるのではないですか」

その言葉に総八郎がかすかに眉を上げるのを怜司は見逃さなかった。更に詰め寄ろうとすると、総八郎は不意に拍手をした。手のひらを打ち合う乾いた音が庭に響いた。

「なるほどそれは面白い。材木も炭もとれぬあの山を、私は伯爵を殺す危険を冒してまで取ろうとしたと……下らない」

苛立った様子で言い放つ。

「その理由は分かりません。しかし……」

「君が知ることはない」

その声は低く重く響き、怜司は思わず息を呑む。だがその気迫に負けぬよう怜司は再び背筋を伸ばして総八郎に向き直った。

「ならば、せめて父のことを教えて下さい。父は、何処《どこ》にいるのか……」

怜司の言葉に、総八郎の表情が強張ったのが分かった。

「貴方は知っているはずだ。僕が生まれる前から、父のことは知っていたのでしょう。そして今、あの人が何をして、何処にいるのか」

記憶にある父の面影は、朧《おぼろ》だ。母が生きていた時に、何度か来たことがある。母は父を詰るばかりで、自分は父の声をおよそ聞いたことがなかった。

最後に会ったのは、母が亡くなる少し前のこと。怜司は七つになっていた。母はいつものように父を詰る。その声から逃げるように怜司を連れて外へ出た。遊んでくれるのかと思ったが、ただ黙って手を繋いで歩いているだけだった。一言も話すわけでもなく、遠くを見つめたままで、怜司もまた、声をかけるのさえ憚られた。

「あの人は、何をしているんですか」

怜司は自分の声が震えていることに気付いた。その問いの答えを切望しながらも恐れていることを感じる。だが、怜司は唇を引き結び、立ち向かうように総八郎を見返した。月明かりを浴びた総八郎の目が、その年に不似合いに獣のような猛々《たけだけ》しさを滲ませていた。

「ああ、知っている。だが、君に教えることはできない」

「何故ですか」

「それを知ったところで、君は幸せにはならないからだ」

総八郎は、断言した。そこには問い返す余地さえ与えない強さがあった。怜司は何も言えずに固唾を呑む。総八郎はふと表情を緩めた。

「もしも、君が本当に望むものがあるというのなら、いくらでも手を貸そう。但し、父親のこと以外であれば……だ。千武の名だとて、君が欲しいというのならばあげよう。そう……斗輝子を娶り、千武の名をとればいいだけの話だからね」

冗談めかして言ってのける。その笑顔は、それ以上、怜司が父について問うことを避けているようにも見えた。

怜司は父のことに答えがもらえないことに落胆したが、安堵してもいた。己の胸中が摑みきれないまま、一つ大きく息をつく。そしてわざとらしく顔を顰めた。

「あのお嬢様を引き取ることが前提ですか」

「まあ、いきなり君を養子にするのも不自然だからね。嫌かい。君の素性を明かすあの屋敷にまで連れて行ったから、存外、気が合うのかと思ったのだがね」

総八郎は愉快そうに尋ねた。怜司は総八郎から顔を背ける。

「あのお嬢様の好奇心は罪悪です。人の事情も知らずに入り込む。いっそ真実を見せてやれば大人しくもなろうと思ったのです。ご令嬢などというのは、凡そ私の母のように、己のことしか見えぬ生き物でしょう」

総八郎の笑い声が小さな東屋の中で響いた。怜司は不快さを満面に浮かべた。

「なるほど、君はそれであんなことを言ったのか。犠牲の上に成り立つ己の身を弁《わきま》えろと、そう斗輝子に言ったのだろう」

「まあ……似たようなことは申しました。事実でしょうから」

「なるほどね。よく見てみるといい。あの娘はなかなかの強者《つわもの》になりそうだ。新しい時代の女とやらに」

総八郎は愉快そうに怜司の肩を叩いた。

「貴方は、聞きしに勝る大狸《おおだぬき》ですね」

「誉め言葉として受け取っておこう」

総八郎は、静かに頷いて話を終えて立ち上がり、怜司に背を向ける。怜司はその背に向かって語りかけた。

「良いことも、悪いことも、貴方だけが僕に本当のことを教えてくれる。だから僕は貴方を信じているんです。貴方がどれだけ悪事を働こうとも、僕は貴方に何も期待していないのですから」

総八郎は振り返り、そして怜司を見つめて微笑んだ。

「君は私の血を引かないのに、子や孫の誰よりも私に似ているね。それは、とても可哀想なことだ」

その言葉に、怜司は何故か泣きそうになる。何処かでこの千武総八郎に甘えたくなる弱い心が潜んでいるようでついと目を逸らした。

「私は君の祖父との約束を果たそうと思っている。ただそれだけは紛れもない本心だよ。だからただ君はここで、己のなすべきことを見つければいい」

細《ささ》やかな月明かりの下、総八郎はゆっくりと屋敷へ向かう。

怜司は遠ざかる総八郎の背中を大きく感じ、ついて行きたい憧れと、それを拒もうとする心が胸の中で暴れているのを感じていた。

終

よく晴れた五月のさわやかな風を切って走る人力車は、新橋ステーションの前で止まった。慌ただしく俥を降りた斗輝子は、袴の裾を軽く持ち上げ、革靴の踵の音を響かせながら、駅の構内へ駆け込んだ。蒸気の上がる音の中、行きかう人の群れをかき分けて行く。そして、一等車両の前で荷を乗せている一行を見つける。

「道子様」

斗輝子が声を張り上げる。呼ばれた道子は、美しい友禅の振袖を纏い、落ち着いた日本髪を結っていた。斗輝子を見つけて、道子は頭を下げる。その傍らには八苑家の女中頭である杉がいた。

「斗輝子様、お見送りに来て下さったんですか」

道子は目に涙をいっぱいに溜めて斗輝子の手を取り、斗輝子も握り返す。

「千武《ゆきたけ》家のお嬢様ですか」

道子の傍らに立つ着物に羽織姿の小太りの男が、愛想のよい笑顔を向ける。帽子を軽く上げると、丁寧に頭を下げた。

「村井源次郎と申します。千武家の皆々様にはお世話になっております」

斗輝子は上方訛《かみがたなま》りの挨拶に応じて、はたと顔を上げた。

「では、貴方が、道子様の旦那様になられるのですね」

村井は艶やかな頬を紅潮させて、照れ笑いを浮かべた。福々しい様子のその男の隣で、道子は穏やかに微笑んでいる。

すると、使用人と思しき男が、

「旦那さん」

と、列車の車中から声をかけた。振り向いた村井は、

「すみません、荷がぎょうさんあるものですから」

と挨拶をして車中に戻った。

「優しそうな方で、安心致しました」

斗輝子が言うと、道子は伏し目がちに頷く。

「父の最期にも、駆けつけて下さったんです」

八苑重嗣は、爵位を返上し、私財をあらかた売り払い、一部はお上に返上し、屋敷も手放す手はずを整えていた。そして、わずか十日ほど前に息を引き取った。

重嗣は今わの際に、

「本来ならば、父の死後一年は喪に服すべきだろうが、もう爵位もない平民なのだから、堅苦しいことを言わずともよい。仮祝言だけでも挙げて、早く道子が頼れる人の元へ」

と繰り返し言うので、女中頭の杉は仲人《なこうど》となった千武家にその旨を伝えた。

千武家からその話を聞いた村井源次郎は、早速に京から東京へ来て、八苑重嗣に会ったのだという。

「父は、直《じか》に村井様にお会いして、涙を流しておりました。金に困らぬとはいえ、冷たい居丈高な商家の旦那ではないかと、実は案じていたのだとか。村井様にお会いして、その人となりに触れて、安心して任せられると……」

道子は涙をこらえるように唇を噛みしめた。

「私も、京へ骨を埋める覚悟で参ります。父も、この東京ではなく、京に埋葬することに致しました」

「そうですか」

斗輝子は静かに頷きながら道子が急に大人びたと思った。夜会の時には儚げで頼りなかったのに、いつの間にか追い越されたようである。

「楽しゅうございました」

道子は懐しそうに言う。

「叔父様が亡くなられたあの夜会でお会いして、不謹慎ながらも、斗輝子様と、怜司様にお会いできて、同じ年頃のお友達とお茶を楽しんで……こんなことでしたら、もっと早くに女学校でお声をかければよかった」

斗輝子は首を傾げて見せた。

「私は、とかく問題の多い娘ですから、お声もかけづらかったでしょう」

「ええ。お噂をうかがっていたので……ひょっとして私も、薙刀で打たれるかと思いましたわ」

二人は暫く、声を揃えて笑った。

「お杉さんは、ご一緒にいらっしゃるんですか」

斗輝子が問うと、杉は、楚々とした様子で頭を下げる。

「八苑家の家人は、もうお杉だけになりましたから、一緒に行ってもらうことにしました」

「勿体のうございます」

杉は、瞼《まぶた》を拭う。

斗輝子の背後から声がして、振り返るとそこには黒塚家の青井がいた。

「道子様」

道子が笑顔で応じると、青井は静かに頭を下げる。

「青井さん」

「本日の旅立ちに先駆けて、ご用意させていただく予定でおりましたが、急なお話でこの日になりまして」

青井は手元の桐箱を手渡す。道子はそっと中を開けた。

「まあ……」

そこには、珊瑚で象られた李《すもも》の花の帯留めがあった。

「奥様から、お預かりしておりました。奥様がお輿入れの際に、お作りになられたのと同じように、お姫様《ひいさま》のお印を入れて」

斗輝子は青井のその言葉を聞いて、あの水仙の帯留めを思い出した。琴子はどんな想いで道子にこれを支度したのだろうか。美しいその品からは恨み辛みは感じられず、ただ寿ぐ心だけがあるように思われた。道子は感嘆の声を上げて、胸元に小さな箱を抱きしめた。

「叔母様には過分なご配慮をいただきまして、本当にありがたいことでございます」

青井は静かに頷いた。

「そう、お伝えいたします」

その後ろに控えていた杉は、涙をこらえるように唇を嚙みしめて俯いていた。青井は、懐からもう一つ、小さな袱紗《ふくさ》包みを取り出した。

「お杉さんにも、奥様からこちらをお預かりしております」

袱紗を開いたそこには、柘植《つげ》の櫛が入っていた。使い込まれたそれは、決して高価な品には見えなかったが、丁寧に手入れをされていたらしく、仄かに椿油の香りがしていた。杉は驚いたように、青井の顔をまじまじと見る。

「お杉さんには、育てていただいた恩があると。せめて、いただいたものをお返ししたい。お礼をしたいと思っていたが、なかなかできずに申し訳ないと」

青井は再び懐から包みを取り出すと、それを広げた。そちらには、漆に秋草の蒔絵が入った櫛があった。

「不義理を詫びたいとのことでした」

杉は湛えきれずに涙を零す。それを袖で拭いながら頭を下げる。

「あの方を伯爵邸に送り出してから、ずっと申し訳なく思って参りました。どうか、あの方をよろしくお願い申し上げます……ご多幸を、とお伝え下さい」

杉は、青井に幾度も頭を下げた。

ほどなくして、発車を告げる車掌の声が響いた。窓を開けて、道子と村井が顔を覗かせる。

「千武家の皆々様にも、よろしくお伝え下さい」

村井が丁寧な口調で告げる。道子は目に涙を溜めながら斗輝子に手を振る。

「京へお越しの際は、どうぞいらして下さいね」

「もちろんです」

斗輝子の返事に、道子は満面の笑みで頷いた。汽車はゆっくりと動き出す。汽笛と蒸気の音が響き、見送る人々の声はかき消される。青井は丁寧にお辞儀をし、斗輝子は力強く道子に手を振った。

汽車が過ぎ去ると、奇妙な静寂が停車場に広がる。そしてざわざわと喧騒が再び広がり、人々が帰り始める。

「では、私はこれで失礼を」

青井は斗輝子に挨拶をする。

「青井さん」

斗輝子は立ち去りかけた青井に声をかけた。

「青井さんはこれからどうなさるのですか」

「家令は御役御免でございます。奥様に従いまして、鎌倉へ参ります」

晴れ晴れとした青井の顔にはあの庭園で見せた苦悩はなかった。青井にとって明るい旅立ちなのだと分かる。

「お達者で。奥様にもよろしくお伝え下さいませ」

青井は会釈を返し、雑踏の中へ去って行った。

青井を見送って、くるりと踵を返そうとした時、不意に、斗輝子の視界を黒い人影が横切り、ぶつかってしまった。

「痛っ」

ぶつけた鼻を押さえながら、顔を上げる。その男は目深に帽子をかぶり、黒の背広を着ていた。さながら貿易商か銀行家のような装いだ。

「すみません」

斗輝子が謝ると、

「いえ、こちらこそ……」

と、男は応え、微かに帽子を持ち上げた。年の頃は四十ほどだろうか。端整な顔立ちの紳士といった印象だった。

「先ほどお嬢さんがお見送りになっていたのは、八苑家のお嬢様ですか」

男の問いに、斗輝子は頷いた。

「ええ、そうですが……縁の方でしたか」

男は、人懐こい笑みを浮かべた。

「ええ……大分、以前にお世話になったものですから。懐しいなあ……ご一緒されていた女中のお杉さんとは顔見知りだったんですよ」

杉の名を知っていることから見て、確かにこの人は、八苑家の知り合いなのだろうと思われた。

「それは、残念でしたわ。ほんの今しがたでしたのに」

男はええ、と、小さく呟き線路の先を見つめたが、再び目深に帽子を被る。

「これもまた、縁ですね。仕方ない」

男は寂しげに口の端で笑い斗輝子に丁寧に会釈をすると、そのまま歩き去って行った。

男の顔は、どこかで見覚えがあるようにも思えたのだが、それがどこであったか、はっきりと思い出すことができなかった。

「何方だったかしら……」

首を傾げながら斗輝子は再び歩き始める。と、ホームの先に、汽車の去った方向を見つめて佇んでいる怜司を見つけた。斗輝子は思わず足を止める。あの日、黒塚伯爵邸から帰る馬車を降りて以来、初めて会った。

喧騒と雑踏の中で、相変わらず絣の着物に袴という質素な出で立ちだというのに、そこだけ鮮やかに見えるように凛として立っていた。初めて千武家の玄関ホールに立った時も、垢抜けない様子とは裏腹に、あの屋敷の風情に妙に似合って見えたものだ。美しい青年なのだ、と、斗輝子は改めて思った。

その時、怜司が踵を返し、斗輝子と目が合った。しばらく怜司はその場で固まったように動かない。斗輝子は、覚悟を決めるように大股で怜司に向かって歩き始める。怜司の傍らまで来ると、斗輝子は殊更に胸を張り、怜司を真っ直ぐに見上げた。

「お見送りなら、一緒になさればよろしかったのに」

怜司は一瞬、戸惑ったように視線を逸らしたが、すぐに見慣れた皮肉な笑みを浮かべた。

「何分、道子様のご興味を受けた身としては、花婿様がいらぬ誤解をすると、不幸の種になりますから」

斗輝子は鼻で笑う。

「それならばそもそも来なければよかったのに」

「先方はご存じなくとも、従妹殿でいらっしゃるわけですから」

「そうね。まあ、でも、男前とは言い難いけれど人の好さそうな方で良かったわ。貴方への興味とやらも失せ果てているでしょう」

斗輝子が軽い調子で言うと、

「それは残念」

と、怜司は屈託なく笑った。

その笑顔を見た瞬間、斗輝子は、先ほどぶつかった男のことを思い出した。あの男の顔をどこかで見たと思ったのは、そこはかとなく怜司に似ているせいなのだ。思わず、男の立ち去った方向を見る。

「どうかなさいましたか」

「いえ……先ほど、ぶつかった方がいて……」

「財布でもすられましたか」

斗輝子は目を凝らしたが、人ごみの中では、先ほどの男の姿を見つけることはできなかった。

「違いますが……」

あの男が怜司に似ていたところで、何というわけではないのに、何を慌てて捜そうとしていたのかと思った。

二人は並んでゆっくりと歩きだす。しばらくの間、気まずい沈黙が続いていた。

斗輝子はそれに耐えかねて先に沈黙を破る。

「変わらぬ様子で良かったわ」

「何がです」

「数日前、馬車の中では随分としおらしい風情でいらしたので、人となりが変わってしまったのかと思いましたわ」

怜司は、斗輝子を横目に見た。

「貴女こそ。私の有り難い訓戒を聞いて、少しはお淑やかになられるかと思えば、袴の裾をたくし上げて走って来られたようで」

「見ていたの」

斗輝子がむきになって問うと怜司は冷静に答える。

「声をかけるのも憚られるご様子でしたよ」

「嫌味な人ね」

そう言いながらも以前と同じように軽口を叩き合えることに安堵してもいた。

「貴女は、いいのですか」

怜司が不意に神妙な声で問いかけた。

「何がです」

「貴女のことだ、潔癖な子どものような正義感を振りかざし、八苑子爵を人殺しだと、警察に突き出すくらいのことはするのではないかと思っていましたが」

怜司の言いように斗輝子は拗《す》ねたような表情を浮かべた。

「貴方のそれを、減らず口というのです」

怜司は軽く笑って見せたきり、斗輝子の答えを待つ。斗輝子はため息をついた。

「分からなくなりました」

「何が」

怜司の問いに、斗輝子はどう話せば胸の内の混乱を表せるのか思い悩み、言葉を探しながら口を開く。

「八苑子爵が望まれたのは、偏《ひとえ》に娘の道子様のお幸せ。そして、琴子様……由紀さんも自由を手に入れた。そして手を汚した八苑子爵がご自身で業を背負って逝《い》かれたのなら……何を罪と問いましょう」

怜司はしばし驚いたように斗輝子を見つめてから口を開く。

「なるほど、大団円というわけですか」

「大団円などと、安易に片付けられるものではありませんが……」

斗輝子は上手く言葉にできないもどかしさを抱えながら首を傾げる。

「世の中には、割り切れぬことが多いのだと思い知ったのです。そして私が無力なのだということも……でも仕方がない。私にできるのは、亡くなられた黒塚伯爵と八苑子爵が安らかなるように、そして夫人と道子様のこれからが幸せであるようにと祈ること。あとは、己の人生を諦めない覚悟を決めるだけです」

斗輝子は自らの言葉を確かめるように頷いた。

怜司は暫く黙って斗輝子を見つめていたが、やがて穏やかに微笑んだ。斗輝子は初めて見る怜司の表情に戸惑い目を瞬いた。すると怜司は顔を近づける。

「欲張りですね。誰もかれもが幸せになるなど、世間はそんなに甘くないのですよ、お嬢様」

表情と相反する嫌味に一瞬でも戸惑った自分が悔しくて、斗輝子は殊更に強気に胸を張る。

「私は天下の千武男爵の孫娘ですからね。性根が強欲にできているのです。それに世間が何と言おうと、私はどのみちその世間とやらを知らないのですから、気にすることはありません」

怜司はやれやれ、と深く吐息した。

「詭弁《きべん》のようでもありますね……御前はかねてより大狸親父だと思っていましたが、貴女も立派な子狸だ」

「あら。貴方の方が潔癖な子どもなんじゃありませんか」

しばらく立ち止まり、斗輝子と怜司は睨み合う。やがて、怜司がふっと噴き出した。

「馬鹿馬鹿しい」

怜司の一言で二人は顔を見合わせて笑った。笑い納めた斗輝子は怜司の背を叩く。

「お祖父様の手のひらの上にいるのは、貴方だけではありません。私とて同じこと。しかし、気にすることはありません。不便がないなら、しばらく乗っていればいいのです」

怜司は苦い顔をする。

「あの大狸の手のひらで、とんでもないところに連れて行かれそうですけれど」

「お祖父様が道を違えたと思ったならば、闘う覚悟があればいいのではありませんか」

怜司は呆気にとられたように斗輝子を見つめる。

「あの御前と貴女が、闘うのですか」

「そうですよ。違えているのに唯々諾々《いいだくだく》と従うのはおかしいでしょう」

斗輝子は背筋を伸ばして言い放つと、真っ直ぐに駅の出口に向かって歩き始める。

怜司は呆れながらも楽しげにその後ろに続きながら、揺れるリボンを眺めていた。

「全く……深窓の令嬢などどこにいるのでしょう」

斗輝子はくるりと振り返り、眉を寄せる。

「何のことです」

「相変わらず、貴女に淑やかなご令嬢の幻を見ている書生の人たちに、その折れない本性を教えて差し上げたい」

「失礼な」

斗輝子が手を振り上げて怜司を叩くが、怜司はそれをひらりと躱した。

「誉めているんですよ」

「どこが」

「楚々として、流されていく人よりも、貴女のようにたくましい方が、いっそ素敵です」

斗輝子は言葉を失って、怜司を見上げると、怜司は満面の笑みでじっと斗輝子の目を覗き込む。

「と、言って、僕に惚れられても困りますが」

斗輝子は顔が赤くなるのを覚える。腹が立っているのか、慌てているのか分からないまま、拳を握りしめる。

「ふざけるのも大概になさい」

斗輝子は怜司に背を向けて、大股で歩き始める。

「お嬢様、この雑踏で迷子になると、帰れなくなりますよ」

人ごみをかき分けながら突き進む斗輝子を、からかうような口調で怜司が追いかける。斗輝子は胸が波打つのを抑えるのに必死だった。

怜司はすぐに斗輝子に追いつくと、その隣に並んで歩き始める。

「いずれ貴女がお祖父様と対立なさるというのなら、その時は、及ばずながら、援軍になって差し上げてもいいですよ」

斗輝子はぴたりと足を止める。夜会の時もこの男はそんなことを言っていた。

「ならばその時に、ちゃんと頼りになるよう、貴方も精進なさいませ」

斗輝子は袴の裾を翻し、カツカツと踵を鳴らして歩いて行く。海老茶式部と書生の二人連れを、道行く人が好奇の目で見ている。斗輝子は辺りを気にする様子もなく真っ直ぐに歩き、怜司はその後に続いた。

駅の構内を抜けると、日は西に傾き始めていた。赤く染まる駅前には、人々の群れが行き交い、人力車、馬車が入り乱れて喧噪が広がっていた。

帝都東京。明治三十九年の春は過ぎ、夏が近づこうとしていた。

◆この作品はフィクションです。実在の人物、団体等には一切関係ありません。

◆本書は二〇一四年、幻冬舎文庫より刊行された『帝都東京華族少女』を改題し、大幅に加筆修正したものです。

双葉文庫

な-51-01

華《はな》に影《かげ》

令嬢《れいじょう》は帝都《ていと》に謎《なぞ》を追《お》う

2021年12月19日　第1刷発行
2023年 8 月 2 日　第2刷発行

【著者】
永井紗耶子《ながいさやこ》

【発行者】
箕浦克史
【発行所】
株式会社双葉社
〒162-8540 東京都新宿区東五軒町3番28号
［電話］03-5261-4818(営業部)　03-5261-4833(編集部)
www.futabasha.co.jp(双葉社の書籍・コミックが買えます)
【印刷所】
中央精版印刷株式会社
【製本所】
中央精版印刷株式会社

【フォーマット・デザイン】
日下潤一

ISBN978-4-575-52521-2 C0193
Printed in Japan